大畫情聖
第二輯
六
奪嫡之爭
上山打老虎 著

大畫情聖 II

【目錄】

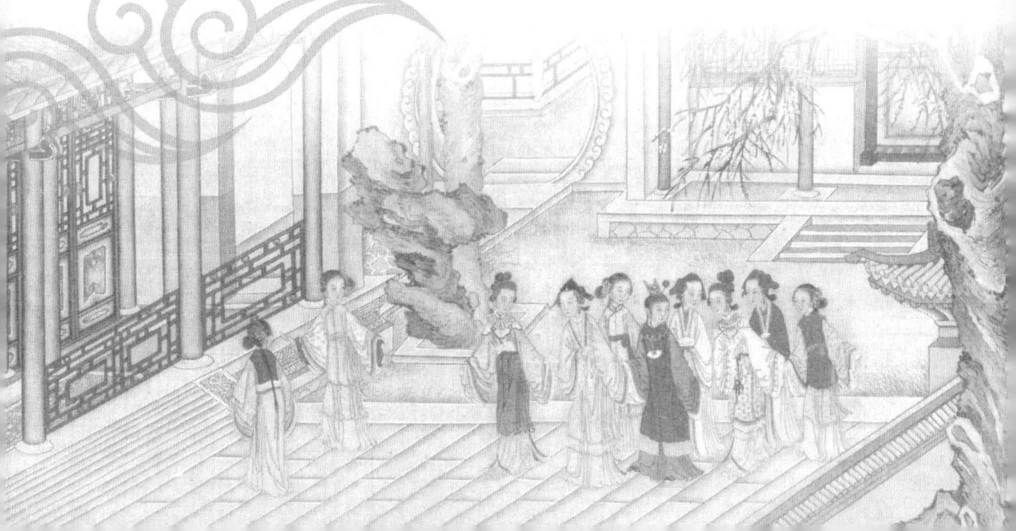

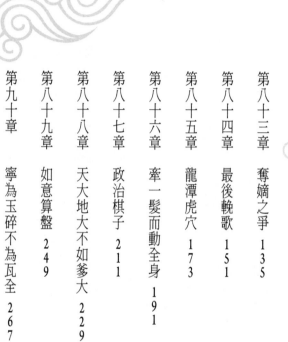

第七十六章 投名狀

段海是平西王的人，楊碧兒又是楊戩的人，

在楊碧兒看來，大家是一家人，

段海說的話和他說的沒什麼兩樣，

方才段海既然敢叫人去挖地，

背後肯定有平西王授意，自家還能說什麼？

今日索性給平西王納一份投名狀。

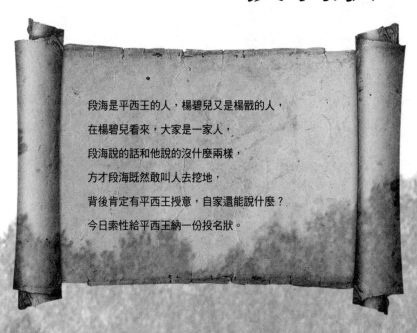

泉州的天氣說變就變，可是在靠近永樂坊的春樓裡，這朦朧細雨，卻彷彿是調情的美酒，使這滿樓春色更顯香濃。

童虎笑吟吟地拉著一個人上了樓，二人笑嘻嘻地說著話，被童虎拉扯著的，不正是那讓整個汴京和福建路雞飛狗跳的蔡健？

其實這蔡健年歲也是不小，三十多歲的樣子，酒色掏空的身子顯得有點兒弱不禁風，穿著一件開襟的圓領衫子，開心地和童虎寒暄。

說起來，童虎和蔡健也算是老相識，當年童貫還在汴京的時候，爲了巴結蔡京，便叫童虎專門去與蔡家人結交，因此童虎寫了張條子，說一句爲兄在泉州盡情招待，便把蔡健給叫了來。

這樓裡的姑娘，真真是妖嬈狐媚至極，貝齒輕輕咬合，眼眸兒一勾，便叫人酥了，一邊祝酒，少不得還要唱首曲兒，無非是柳永柳相公或是平西王沈相公的詞兒。這些詞兒朗朗上口，既有幽怨，又含嗔帶著輕浮，最受煙花女子們喜歡。

一曲唱畢，兩個貴客已是開懷大笑了，不過這蔡健也是不明就裡，若他知道這曲子是沈傲那廝去勾引安寧帝姬的《長相思》，多半就笑不出來了。

狐朋狗友相聚，自然少不得閒聊兩句，兩杯酒下肚，蔡健已是滿肚子怨氣，說是自家好歹也是太師的嫡孫，卻被打發到那興化軍去，那裡的姐兒如何如何，自是不能和汴京、泉州相比，真真是悶出個鳥來了。

說罷，摟著一個姐兒調笑，嫻熟地將口中的酒送到姐兒的香口去，兩根舌頭攪在一起，已是欲火難耐，正要扶著兩個姐兒到樓上去，童虎卻是板起了臉，拍了下桌子道：「都出去。」

做這營生的人一瞧，哪裡不知道客人要談正事，立即如風一樣蓮步走了，臨走時，還不忘給蔡健拋個媚眼。

蔡健心裡有些不悅，直勾勾地用眼神送別了幾個頗有姿色的姐兒，才道：「童老弟這是做什麼？」

童虎朝他猙獰一笑，道：「蔡兄，你大禍將至了，居然還有閒心喝花酒？」

蔡健呆了一下，道：「這是什麼意思？」

童虎從懷裡掏出一樣東西狠狠拍在桌上，蔡健拿起一看，卻是一張文告，大意是衙門裡緝拿蔡健的文引，拿了這東西，才能調差役去捉人。

蔡健看了，卻是笑了起來，道：「哪個傢伙膽子這麼大？這泉州府難道不知道本老爺是誰？」

童虎嘿嘿一笑道：「就是知道你是誰，他們當然不敢拿你，可是有聖旨過來就不同了。」

「聖旨……」蔡健在蔡家算不得什麼人物，再加上自從來了興化軍，蔡京早已嚴令這裡的家小不得參與到裡頭來，所以這蔡健才對當前的朝局懵然不知，甚至連童虎去了武備學堂也不知道。

童虎道：「平西王你可知道？」

蔡健呆了一下，問道：「平西王是誰？」

「那蓬萊郡王呢？」

「沈傲！」蔡健不由咬牙切齒地道：「自然知道。」

童虎呵呵一笑道：「如今他已是平西王了，正是他唆使興化軍知軍彈劾你，陛下聽了勃然大怒，說你當街殺戮官差，罪無可恕，欽命了人來押解去你汴京。實話和你說了吧，便是太師也保你不住了。」

蔡健先是不信，可是漸漸地不得不信，又看了一眼那文引，上頭蓋了知府衙門的大印沒有錯，還有當地判官的大印也沒有錯，自家是什麼身分，泉州府會不知道？他們這麼做，自然是有恃無恐。再者說，自己是在泉州犯的事，泉州這邊下引也是正常，只是想不到，這件事竟是捅破了天，連宮裡都知道了。

蔡健咬了咬牙道：「好個狗賊。」隨即卻是一副六神無主的樣子道：「這該怎麼辦？不行，我該立即去汴京，有我……」

童虎打斷他道：「有太師在也不成，你糊塗了嗎？太師位高權重，豈會爲了一個不肖子孫而毀了自家在陛下面前的前程？到時候少不得要上一道奏疏，說什麼王子犯法與庶民同罪之類的話了。」

童虎的話確實沒有說錯，蔡健便是再蠢，也知道一點端倪，他整個人一下子癱了下去，慌張地道：「這該怎麼辦？」

童虎一副沉重的樣子道：「遠走他鄉，立即就走，去南洋，去流求，只要不是大宋就可以，等風頭過了再回來。」他嘆了口氣，又道：「我已經爲你安排好船隻了，就看你想不想走，想不想要這條命。」

蔡健臉上陰晴不定，半晌才是咬了咬牙道：「好，走！」

童虎心裡想笑，段海已經吩咐下來，令他送這位蔡公子滾蛋，若是不肯走，自然是殺無赦了，他肯點頭，倒是少了許多麻煩。立即帶了他出去，一面道：「若不是看在你我多年的交情上，我才不肯冒這麼大的風險知會你，不說也罷，時候來不及了。」

蔡健這時候當真是六神無主，只能乖乖聽話，隨著童虎到了城外的碼頭，果真有一艘小船等著。

童虎目送著蔡健上了船，什麼也沒說，立即往那望遠樓去，直接上了第五層，已經有人等著了。

南洋水師指揮楊過慢吞吞地喝著茶，請童虎坐下，望著窗外的海天一線，道：「事情辦妥了？」

童虎呵呵一笑道：「都妥當了，將他送走，保準以後再也回不來。」

楊過頷首點頭道：「當然回不來，那船上的人都不是善類，蔡公子死在海裡，便是神仙也撈不回來。」

童虎愣了一下，道：「怎麼……不是說……」

楊過深望童虎一眼，道：「平西王的意思是斬草除根，莫要走了一個。」

童虎倒吸了口涼氣，突然感覺那個平時嘻嘻哈哈的平西王，原來做起事來這般的狠辣。他哪裡知道，但凡能混到他叔父這個位置以上的人，哪一個都不是婦人之仁的角色，若真是這般手軟，只怕早已蹲到交州去玩泥巴了。

從福州到興化軍距離不過百餘里路，雖是不遠，可是蔡攸點了三百人之後，一刻也不敢耽擱，只用了半個時辰，便過了興化軍地境。

蔡家老宅位於興化軍仙遊縣，取名仙遊，八成是哪個糊弄人的傢伙胡扯見了神仙之類，神仙肯定沒有，可是仙府卻有一處，便是仙遊縣縣治不遠的一處大宅。

這處大宅幾經擴建，幾乎見證了蔡家的興盛，到如今，占地已經多達百畝之多，比之宮城也不遑多讓，一路的歌臺舞榭，還有福建路特色的院落，放眼過去看不到盡頭，一到夜間，更是無數的燈籠高高掛起，宛若平地仙境一般。

此時天色將晚，府邸裡頭的貴人們也都安生待在家裡，星光點點，與宅中的燭火輝映，有著說不出的炫目。

此時正是晚宴的時候，歡笑和絲竹聲響起，端地讓人羨慕無比，不遠處的田埂偶有佃戶扛著農具回家，望著這裡，都不禁要多看幾眼，自然沒人滋生出吾可取彼而代之的心思，只是嘖嘖稱羨。

可是這時候，官道上卻是塵土飛揚，黑暗中無數差役打馬過來，非但如此，還有一隊隊步卒手執兵刃，凶神惡煞般打破了這寧靜，田埂裡的人呆了一呆，立即一哄而散，走了個乾淨。

隊伍有些駁雜，既是差役，又有水軍，還有不少廂軍，差役在前打頭，後頭的水軍緊緊跟上，附近還有騎著馬的廂軍在旁警戒，隊伍簇擁著幾頂轎子，轎夫們健步如飛，走得極快。

這支人馬足有千人之多，尤其是那水軍，都是全身披甲，長刀出鞘，像是隨時準備上陣拼殺一樣。

到了蔡府外頭，轎子穩穩停住，差役和水軍已經來到門房，隱隱的燈籠，黑壓壓的

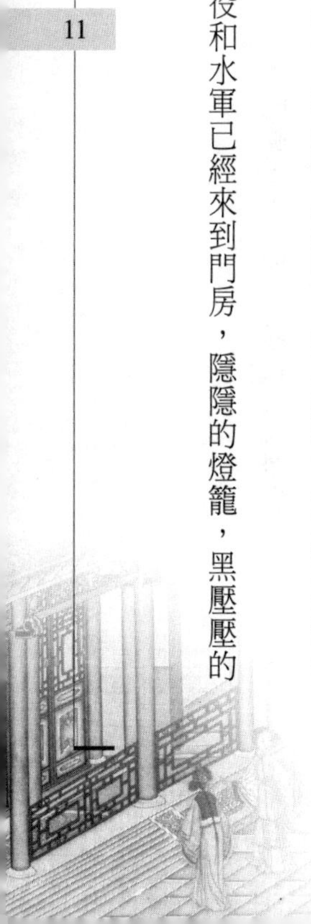

人，說不出的詭異。

「你們是誰？可知道這是誰的府上？好大的膽子！」門房被這個場景嚇了一跳，隨即鎮定下來，想到自家老太爺，膽氣不禁壯了幾分。

從轎子裡走出兩個人來，起先的一個是個公公，正是楊碧兒，此後便是興化軍知軍段海。這兩個人一齊出轎，在燈火中相視一笑，早已有了默契。

打話的事自然不必他們去做，已經有個殿前禁軍衝上去道：

「奉旨拿辦蔡健！」

奉旨兩個字很是洪亮，底氣十足，門房嚇了一跳，什麼也不再說，立即去通報了，接著有人腳步匆匆地出來，正是蔡家的老七蔡淡，抱手行了個禮，道：「蔡健去了泉州，是哪個公公傳的旨意？先進來坐坐。」

事情來得實在太突然，蔡淡甚至連消化的時間都沒有，況且蔡健確實去了泉州，先問問清楚再說。

換了其他的公公，在這興化軍蔡府門前，肯定要乖乖進去坐一下的，可是楊碧兒卻是咯咯冷笑一聲，道：「不必了，咱家欽命辦差，豈能和欽犯家人有糾葛？快把人交出來，好讓咱家早些回去繳了差事才是正理。」

蔡淡微微皺眉，此時已經感覺異常了，只好據實道：「蔡健確實是被友人叫去了泉州，請公公擔待。」

「哪個友人？」

「童虎！」

「童虎是誰？」

「童貫的侄兒。」

這不由引來一陣哄笑，連那段海也忍不住笑了，捋著鬍，看向楊碧兒。

楊碧兒的笑聲格外的陰森，惻惻道：「這麼說，是童貫童公公欺君罔上，刻意藏匿了欽犯了？」

段海笑得更是燦爛，待會兒回去，少不得要和楊碧兒商議一下如何給童貫寫封信了，攀咬到了童貫身上，還是欺君罔上，以童貫的性子，還不和蔡家之人拼命？

蔡淡見他們笑，已經有些惱羞成怒了，傳旨的公公又是這般無禮，以他的性子哪裡吃得消？冷哼一聲，道：「蔡健不在，不信，請上差搜查便是。」說著退到門房處，一副任君搜查的樣子。

楊碧兒和段海相視一笑，楊碧兒道：「搜是自然要搜的，搜出來了便好說話。要是沒搜出來，藏匿欽犯的罪名，只怕你們蔡家也擔待不起，來人。」

「在。」差役們紛紛吆喝一聲。

「挖地三尺，也要把人找出來。」楊碧兒陰惻惻笑起來。

「遵命！」差役們就要蜂擁進去。

蔡淡卻是氣極了，原本以爲這些人不敢進去，畢竟是蔡府，誰知他們卻是一點顧忌都沒有，一時吹起鬍子，瞪大眼睛要發作，可是念及那楊碧兒是欽差的身分，終究只好忍住。

「且慢！」段海笑著阻撓了差役。

蔡淡以爲這段海服軟，臉上露出些許冷笑，還是這段知軍有眼色，知道這裡是什麼地方，至於那個公公，到時候再收拾不遲。

誰知段海慢吞吞地道：「沒聽見楊公公吩咐嗎？挖地三尺，拿著水火棍進去如何挖？去，到附近農家尋些鍬鏟、鋤頭來。」他深望了蔡淡一眼，呵呵笑道：「不把地挖開三尺，我等如何回去覆命？」

「你……」蔡淡已經氣得說不出話，怒目瞪視著段海。

這時候蔡淡再蠢，也發覺出了異常，這些欽差就是來找碴的，他們的背後一定有人，否則憑一個公公和知軍，哪裡敢欺到蔡府頭上？

那些在外圍騎馬的廂軍聽了段海的命令立即去了，過了片刻，竟真的尋了許多挖地的工具來，差役們各自尋了個趁手的，都望向段海聽他吩咐。

段海朝楊碧兒笑了笑道：「公公，可以開始了嗎？」

段海是平西王的人，楊碧兒又是楊戩的人，在楊碧兒看來，大家是一家人，段海說的話和他說的沒什麼兩樣，方才段海既然敢叫人去挖地，背後肯定有平西王授意，自家還能說什麼？今日索性給平西王納一份投名狀。

想著，楊碧兒便冷聲道：「蔡府藏匿欽犯，罪無可赦，今日咱家倒要看看，是誰有這麼大的膽子，是誰給這蔡家撐腰，竟敢欺君罔上，做這等大逆不道的事。」

他揮了揮身上的灰塵，正色道：「挖！出了事咱家擔著，咱家是皇差，就不信什麼人敢阻攔！」

這句話直接給蔡府扣了個藏匿欽犯的帽子，有了理由，上頭又有通天的人物，還有什麼好怕的？楊碧兒放肆地咯咯一笑，聲音都尖銳起來：「殿前禁衛也一道去，誰敢阻攔，殺無赦！」

「遵命！」有楊碧兒這句話，大家的畏懼之心也就散了，正要蜂擁進去，卻聽到遠處隆隆的馬蹄聲響起來。

段海淡淡一笑，心裡想，福州的人這時候也該來了，平西王神機妙算，果然料定了蔡家那一對兄弟能看出端倪，他們不來，或許蔡家還有一條生路，來了就是死路一條。

段海高吼一聲：「黑燈瞎火的，是什麼人來，列陣！」

千名水師磨刀霍霍，早已按捺不住，依著蔡府的高牆列出方陣，長刀前指，鋒芒一片。

慘澹的月光下，三百騎兵飛馬過來，蔡攸跑得最近，看到蔡府門前這個樣子，已是驚怒交加，當先勒馬過來，大喝道：「什麼人敢在這裡放肆？」

蔡淡見蔡攸過來，猶如有了主心骨，高聲大叫：「大哥，他們這是要拆咱們蔡家的屋了！」

蔡攸冷笑一聲，向蔡淡道：「蔡健呢？」

蔡淡正要回答，楊碧兒尖聲大叫：「大膽，什麼人敢調動軍馬，驚動皇差行轅，可是要造反嗎？全部落馬，放下武器，來人，先把他們拿下再說！」

話音剛落，水師已經爆發出一陣怒吼，趁著這些騎馬的廂軍紛紛駐足的功夫，隨著號令，潮水一般衝過去，將廂軍撞了個人仰馬翻。

蔡攸大急，立即道：「胡說八道，我奉命前來協助皇差拿人……」話說到一半，便被震天的吼聲掩蓋下去，整個蔡府門前已是亂哄哄的一片。

這時，楊碧兒和段海相視一笑，猶如早有預謀一般，各自回了轎子，吩咐道：「走，一炷香之後收兵，就說賊勢盛大，我等始料不及，只好先行撤退。」

水師沒命地一衝，廂軍已經七零八落，對方先動了手，廂軍又沒弄清楚狀況，見對方殺氣騰騰，當然有回擊自保的必要，一場衝突便這樣產生。那蔡攸嚇得魂不附體，不斷地呵斥，卻無可奈何，好在他騎在馬上，也沒人理會他，倒是撿了一條性命在。

血腥化開，人一旦見了血，便開始變得瘋狂了，搏殺漸漸激烈，蔡府大門立即緊閉，唯恐有亂兵衝進去，差役紛紛散開，足足廝殺了一炷香，突然鳴金聲驟響，有人大吼：「賊勢太大，走！」一聲令下，水師便又如潮水一般褪去。

福州廂軍又是追殺了一陣，蔡攸大喊：「都不要動，你們這是要做什麼？」

好不容易勒住軍馬，蔡攸的臉色已經是難看到了極點，看到地上有幾十具屍首，大多是福州廂軍，其中還有一個，竟是殿前禁衛，臉色更是慘白，叫人去叫了門，蔡府把門打開，蔡攸衝進去，當先抓住躲在門後的蔡淡衣襟，大吼道：「蔡健呢？」

「去泉州了。」蔡淡期期艾艾地道。

「泉州？是誰請去的？」蔡攸的眼睛都快要冒出火來了。

「童虎……」

「童虎是武備學堂的人！」蔡攸急得跺腳，便立即明白，人家是早有預謀，這蔡健只怕是再也回不來了。他慘然地嘆了口氣，喃喃道：「蔡家要完了！」

蔡淡期期艾艾地道：「完……完……什麼，是他們先動的手……」

這蔡淡只是個紈褲子弟，被蔡攸一叫，真真是三魂六魄都給嚇散了。

蔡攸冷笑道：「皇差出了事，就是我們的錯。到時候，陛下會問，這個節骨眼上，爲什麼福州廂軍會出現在這裡，會和皇差滋生衝突？以陛下的心思，我們說得清嗎？」

蔡淡呆了一下，牙關打顫：「要不要給爹傳信？」

「遲了。」蔡攸話語中有一種徹骨的寒意，無奈地道：「大難臨頭各自飛吧。」

原本是想趕在欽差之前先把蔡健控制住，誰知對方好像掐準了時間一樣，眼下又見了血，童貫那裡自然不必說，童虎一參與，必然鐵了心地攀咬到蔡家頭上。如今又死了殿前禁衛，殿前司自然也要反目，如今是三人成虎，已有牆倒眾人推的趨勢。

蔡攸森然道：「府裡藏了多少錢財？」

蔡淡不禁呆了一下。

蔡攸抬腿出去，叫來幾個呆著的廂軍虞候低語了幾句，虞候們立即叫了百來個人衝進去，隨蔡攸往蔡家庫房走。

蔡淡追過來道：「大哥，你這是要做什麼？」

蔡攸冷笑道：「收拾細軟逃命！」

「逃……」蔡淡期期艾艾地道：「逃個什麼，爹還在，再壞也壞不到那個地步。」

蔡攸卻不理他，到了府庫，叫人撬開鎖，紅著眼道：「只要黃金，能帶多少是多少。」接著森然笑道：「咱們現在都是謀逆之罪，方才是你們廂軍自個兒殺了禁衛，如今出了事，你們也跑不了，倒不如隨我出海。」他冷笑一聲繼續道：「幸好我在泉州還有點兒產業，經營了一支商隊，否則要逃也沒這麼容易，都換了衣衫，先把兵器丟了，帶了東西隨我走！」

蔡攸確實是個聰明人，若不是放出來太晚，也不至於到這個地步，如今步步落入沈傲的算計，蔡攸已經明白大勢已去，這時候逃命起來也絕不拖泥帶水，連汴京的家人都可以毫不猶豫地捨棄。

百來個廂軍呆了一下，也被蔡攸的話嚇住了，一時六神無主，咬了咬牙，只當蔡攸是主心骨，竟真的衝了進去。

蔡淡見狀，大怒道：「大哥，你這是要做什麼？」

蔡攸反手甩了蔡淡一巴掌，惡狠狠地大罵：「死到臨頭，還窮吼什麼？滾一邊去。」

帶著三百多個廂軍，都換了衣衫，拋了兵器，又套了幾十輛大車，帶著細軟，蔡攸騎在馬上，在蔡府外頭大聲吼道：「要活命的，隨我去泉州，現在他們只怕還沒有反應，咱們乘了船，揚帆出去。留在這裡只有死路一條，可有人敢隨我去嗎？」

他冷冽一笑，繼續道：「出了海，一樣和本大人吃香喝辣，妻兒沒了，到了那裡多

的是女人，照樣給你們生孩子，離開這裡，總比任人宰割的好。」

廂軍冷靜下來，看到一地的屍首，也是沒了主張，這時候蔡攸一副不容置疑的樣子，又是許諾了前程，竟有一大半的廂軍跟了蔡攸去，其餘的，多半是捨棄不掉家人的，呆呆地望著這些人消失在黑夜之中。

蔡家這裡也是沒有反應過來，否則真要糾集起莊客和佃戶，也決不讓蔡攸這般恣意胡爲，蔡攸聰明之處就在這裡，一眼便看透了他們的心思。

蔡淡倚在門上，已經有許多蔡家的人過來了，都問出了什麼事。蔡淡跺了跺腳道：

「問什麼，去書房，寫信！」

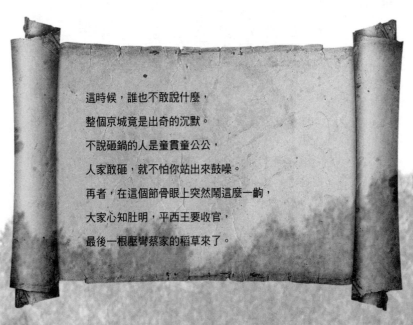

第七十七章 最後一根稻草

這時候，誰也不敢說什麼，

整個京城竟是出奇的沉默。

不說砸鍋的人是童貫童公公，

人家敢砸，就不怕你站出來鼓噪。

再者，在這個節骨眼上突然鬧這麼一齣，

大家心知肚明，平西王要收官，

最後一根壓彎蔡家的稻草來了。

整個福建路像是天塌下來一樣，流言四起，而這個時候，楊碧兒也毫不猶豫地收拾了行裝，準備回程。

緝捕蔡健的文書已經傳遍了各府，可是蔡健一下子了無音信，竟是一點消息都沒有。知軍段海幾次去蔡府，也沒有要到人，只見從福建路到汴京、熙河的快馬越來越頻繁。

更令人心驚的是，蔡攸居然也沒了音信，隨他一起消失的，還有兩百七十多名廂軍，原本說不清楚的事變得更加說不清了。

山雨欲來，一場暴風驟雨正在醞釀。

楊碧兒絲毫不敢耽誤，從興化軍到汴京，只用了半個月時間，這個時間，對於欽差行轅來說已是最快的了，剛到汴京，楊碧兒沒有先入宮，而是先去了楊府。

楊戩咯咯笑著喝茶，看著跪在腳下的楊碧兒，慢吞吞地道：「你做得很好，就是要不清不楚，待會兒隨咱家入宮去交差吧。」

楊碧兒笑嘻嘻地道：「乾爹，兒子還寫了一封信到童貫那兒去，向他問人。」

楊戩哈哈一笑道：「三邊很快就會有消息，那童貫也不是好惹的。」說罷換了衣衫，便領著楊碧兒直接入宮。

趙佶聽到楊碧兒的奏報，正在行書的手猛地頓了一下，驚愕地抬眸道：「人沒有拿到？」

楊碧兒一副魂不附體的樣子趴在地上，道：「蔡府說那蔡健去了泉州，可是在泉州，奴才叫人搜捕，也是一點音信都沒有，生生的一個大活人，一下子就沒了。」

趙佶擲下筆，冷哼道：「是不是走漏了什麼消息？」

楊碧兒帶著哭腔道：「陛下明鑒，奴才一路上都是小心翼翼的，絕不可能走漏了消息，就是跟奴才一道去的禁衛，也是到了蘇杭才把口風透露了出去。」他咬了咬牙，又道：「就算是走漏，那也是敏思殿那邊走漏的。」

敏思殿是承制旨意的地方，有二十多個太監職守，真要查起來，哪個都脫不了干係，可是要查，又哪有這麼容易？最後還不是楊戩說了算？反正那敏思殿裡，早有幾個內侍楊戩看不順眼了，趁著這個功夫換一批人進去也好。

趙佶森然道：「你的意思是，有人給太師通風報信？」

楊碧兒垂著頭：「奴才不敢這樣說。只是還有一件事，奴才去蔡府拿人的時候，正好撞到了一隊福州來的廂軍，對方驟然而至，奴才帶去的人與他們產生了衝突，廝殺起來，殿前禁衛死了一個人，傷了三個，連隨去的興化軍差役和廂軍也傷了七八個。奴才怕惹出什麼事，立即走了。」

「啪！」趙佶狠狠地將手拍在御案上，冷冽地道：「福州的廂軍是要造反嗎？是誰

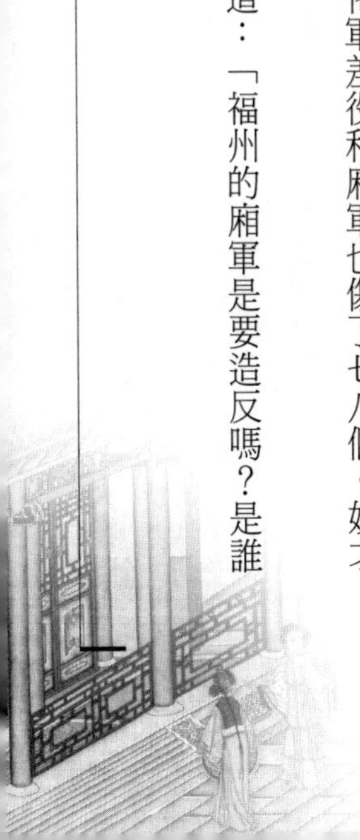

調的人馬？」

楊戩乘機道：「陛下，奴才記得前些時日，蔡絛領了福建路提刑使，蔡攸做了福州廂軍指揮，莫不是……」

有些話不必說透，趙佶已經明白，臉色頓變，忍不住道：「蔡家好大的威風，他們調兵去是做什麼？」

楊碧兒道：「福建路提刑使衙門辯稱是協同奴才拿捕蔡健。」

趙佶哈哈一笑，道：「他們當朕是三歲孩童嗎？既然是協同，爲何要襲擊欽差？那蔡健人呢？」

趙佶原本的打算，不過是借著一個蔡健，敲打一下那有蜀丞相、宋太師之稱的蔡京，可是事情到了這個地步，已經完全偏離了他的預料。

趙佶陰沉著臉道：「把殿前衛叫來。」

殿前衛立即來了個都虞候，這人悲憤地跪下行禮道：「陛下要給殿前衛做主，殿前衛的兄弟，對陛下的忠心天日可鑒，到了那福建路，竟有人敢襲擊殿前衛，狼子野心昭然若揭，今日他們敢動殿前衛，明日豈不是……豈不是敢……」

趙佶胸口不斷起伏，突然發覺自己對這天下的掌控並不如想像中的那樣清楚，沈傲的那句話不由得在耳畔徘徊：「蔡健固然罪無可赦，可是陛下的旨意發出去，能否拿住他？陛下不妨一試。」

原本以爲普天之下莫非王土，旨意放出去，一切都在掌握之中。這時候趙佶卻覺得，天下裡有一樣東西比聖旨更大，這個力量在宮中有人爲他傳信，更可以將聖旨不放在眼裡，藏匿欽犯，甚至是調動廂軍阻撓欽差辦差，敢殺官差不說，如今連殿前衛都敢殺。

趙佶冷冷道：「你來說一遍。」

這個你，自然是那都虞候，在汴京城裡，殿前衛一向清貴，能充入軍中的，至不濟也是五品官員的子弟，這些人一向吃不得虧，今次居然在福建路被人宰了一個，一條人命暫且不說，對殿前衛來說，簡直就是被人當面搧了耳刮子。都虞候立即添油加醋，說的大致和楊碧兒差不多，自然道理都刻意的站到了自家這兒。

趙佶越聽越是陰沉，眼底電光一閃，冷然道：「不必再說了。」

趙佶冷笑一聲，又是道：「有人真的將朕當做劉禪了，好，好得很！」

趙佶突然變得出奇的冷靜，眼眸閃爍不定，這時候的表情，竟是像極了那李乾順，他森然道：「這些事，朕知道了，你們都退出去。」

楊碧兒和那都虞候行禮告退，只留下了楊戩。

趙佶慢吞吞地道：「楊戩，這天下是朕的還是蔡京的？」

楊戩嚇了一跳，立即道：「自然是陛下的。」

趙佶依然森然道：「不一定，這朝廷裡出了奸臣……不……」他手指著講武殿方向道：「是奸黨，蛇鼠一窩，沽名釣譽，自不量力！」

只一個奸黨，幾乎徹底地給某個人定了性。

「陛下，是不是要再欽命個人去，把這事兒徹查一下？」楊戩低聲問道。

趙佶搖頭道：「不必，再過四日就是廷議，這件事先緩緩再說，廷議時再做打算。」他語氣變得緩和了一些：「不能輕舉妄動，他有這麼多門生故吏，要慢慢地來。」

趙佶表現出了極好的皇帝素質，涉及到了皇權，彷彿這個時候他比任何人都要精明沉著，這種變化，連楊戩都看得心驚，卻只是淡淡一笑道：「奴才明白了。」

趙佶道：「沈傲那傢伙在做什麼？」

楊戩愣了一下，道：「他……」

趙佶嘆了口氣，打斷道：「不會又像他說的，東搞一下，西搞一下吧？這傢伙，告訴他，明日這個時候，立即進宮，朕有話要和他說。還有一樣，武備學堂和馬軍司都要警戒起來，以防不測。」他突然又道：「聽說童貫與蔡京是莫逆之交？」

楊戩只要回答一句是，童貫便是有通天的本事只怕也完了，楊戩想了想，道：「童公公是宮裡的人。」

趙佶頷首點頭，這句話就足以讓趙佶放心了。

從文景閣出來，楊戩吁了口氣，想不到蔡家就這樣完了，從前覺得蔡京的地位無可動搖，現在想起來，卻有了幾分不以爲然。

楊戩立即將那楊碧兒找來，對楊碧兒吩咐道：「去和平西王說，大局已定，陛下請他明日進宮。」

楊碧兒微微笑道：「兒子明白。」

楊戩又道：「這一趟你立下大功，敏思殿裡到時候肯定要裁些人，你替進去吧。」

楊碧兒笑吟吟地道：「兒子多謝乾爹。」

「你應得的。」楊戩淡淡地說了一句，繼續道：「四日之後廷議，咱們準備看熱鬧吧，不知這一次又是什麼樣子。」

楊碧兒不由道：「怎麼?很厲害嗎?」他畢竟年輕，沒有經歷過從前新黨與舊黨之間的傾軋，心中倒是生出幾分期待。

楊戩淡淡一笑道：「到時候你就知道了，所以這世上有一個道理，天下是陛下的，陛下說什麼就是什麼，這個你要記清楚，將來不要學那蔡京一樣昏了頭。」

蔡京昏沒昏頭楊碧兒不知道，卻知道自家的乾爹和平西王實在是精明過了，一開始他還蒙在鼓裡，可是事後仔細一琢磨，才發現自己去泉州，一切都在平西王的掌握中，才有了蔡京的今日。心裡不由地想：「誰和平西王對著幹，那才是昏了頭。」

不過這些話，他當然不敢說出來，楊碧兒努力地做出俯首貼耳的樣子道：「乾爹教訓得是，兒子一定記得牢牢的，一輩子也不敢忘記。」

熙河的開春，總是較晚一些，宋夏和議，三邊已經開始裁撤邊軍了，不過這裁撤也只是走個樣子，按趙佶的意思，只是後退百里，做出一個友好的姿態，防務還是不能鬆懈的。

除了這個，負責互市的官員也委派來了，正與西夏那邊商議，既是互市，又少不得和童貫打交道。有一些事，邊軍不配合，事情也是不好處置的。所以童貫的案牘上，已是堆滿了公文，好在他精力出奇的好，從不耽擱，能給方便的就給方便，不行的便提筆注明原委。

到了正午的時候，童貫已經有些累了，從前四處跑的時候，胃部就隱隱作痛，今日不知是不是坐得太久，也開始有些不適，家人問他是否去用午飯，他只喝了一碗稀粥，便坐在太師椅上捂著胃部養神。

十幾年的行伍生涯，讓他的飲食並不規律，看上去魁梧，卻留下不少隱疾。好在這時候他的心情還不錯，時至今日，他不得不佩服自家的眼光。

這時，卻是有個人匆匆進來，道：「童相公，新來的急報，從興化軍過來的，跑死了三匹馬才及時送來。」

童貫立即打起精神。「拿來。」雖然急切想知道急報的內容，童貫接過急報時，還是慢條斯理地揭開封泥，小心地取出信套，才點了點口水，翻出信箋。

興化軍知軍段海……童貫一頭霧水，腦中搜索了一下，確實不認識這人，他寫信來做什麼？繼續看下去，卻是嚇得魂不附體。

冤枉，真真是天大的冤枉，原來自家竟在閻王殿前走了一遭。

童虎藏匿欽犯，欺君罔上，抗旨不遵。自家的侄兒是什麼性子，童貫知道，絕不可能做這等事，再者，童虎不是在汴京嗎？再看後頭，童貫的臉色頓變，一雙眼眸之下射出一抹電光，整個人變得殺機騰騰，這話原來是那蔡淡說的，還言之鑿鑿，信誓旦旦的。

童貫仔細將信看了三遍，才慢吞吞地站起來，以他的精明，立即就理清了裡頭的關係，聖旨爲什麼會突然到興化軍，爲什麼要拿蔡健，多半是那沈傲已經有了動作。或許童虎就是沈傲唆使了才去的，沈傲是要做什麼？或者說蔡家還會不會攀咬？

童貫森然一笑，心下已經瞭然，平西王這是在逼迫自家選邊站了，童虎捏在平西王手裡，自己若是作壁上觀，到時候蔡家肯定要將童虎咬死，無論如何也得把罪名讓童虎擔上去。平西王那裡等緩過了勁來，回頭也肯定要收拾自家。兩面討好、投機取巧，哪有這般容易？

童貫沉默了一下道：「叫李濤來。」落了話，童貫一臉木然地坐在椅上，休憩了一會兒，便有一個全身披甲的人急匆匆趕過來，敬若神明地看了童貫一眼，跪下道：「乾爹。」

童貫淡淡笑道：「來，坐下說話，營裡近來還好嗎？」

李濤興沖沖地道：「乾爹，眼下戰事停了，除了操練，例行的放出斥候，還能有什麼事？只是聽說要換防，後撤到吳興去，弟兄們都在忙著打點行裝，沒有了操練的心思。」

童貫喝了口茶，笑道：「這是常理，讓他們歇一歇也好，不過，有一件事要你去做。」

李濤正色道：「請乾爹吩咐。」

童貫抱著茶盞，一字一句地道：「上個月的錢糧撥付下去了嗎？」

李濤呆了一下：「都撥付了。」

童貫笑道：「是幾成的餉？」

李濤道：「還是老規矩，仍是七成。」

童貫眼眸中閃過一絲狡黠，這是百年來的規矩，兵部撥付錢糧，都要先扣下三成，其餘的再送到邊鎮這邊來。這種事大家心照不宣，早已有了默契。

童貫淡淡地道：「七成的餉，叫將士們吃什麼？兵部的狗東西吃了咱們邊鎮這麼多好處，也該叫他們吐出來了。叫將士們鬧一鬧吧，不鬧，別人只當咱們是病老虎了。你回去跟大家吩咐一下，鬧出點動靜來，就說兵部屢屢剋扣軍餉，將士們苦不堪言，自家都吃不飽，妻兒都跟著挨餓，還憑什麼上陣殺敵？」

李濤呆了一下，道：「這……不是定制嗎？」

童貫吹開了茶沫，昂起頭來：「這規矩要改，去吧，記著要有點分寸，不要傷了人，鬧了之後，我叫人去彈壓，你們該收手的時候就收手。」

李濤只有一頭霧水地去了。

童貫放下茶盞，認真地拿出一根竹簽兒去挑撥几案上油燈的燈芯，那燈火立即亮堂起來，接著向外頭的人吩咐道：「拿筆墨來，咱家要上疏奏文。」

邊關的急報，是萬萬不能疏忽的，沿途的驛站換人換馬，日夜不懈，只用了兩三天

功夫，就到了汴京。

邊鎮嘩變是常有的事，對小百姓來說聽著挺嚇人，可是朝裡但凡了解底細的，都知道嘩變分爲兩種，一種是真的，一種是假的。假的無非是有些話，邊關的大老們不好說，便借著嘩變的軍士之口說出來，頗有些挾兵自重的意思。不過只要不出什麼大亂子，要求不過分，倒也沒人理會。

不過這次卻不一樣，嘩變的理由是兵部剋扣軍餉。軍餉這東西，只要有門路的，都忍不住要伸一下手，不拿白不拿，不但樞密院拿，說不準門下、中書、尚書省也都有份。

這份奏疏，大概是要砸人鍋了，可是這時候，誰也不敢說什麼，整個京城竟是出奇的沉默。不說砸鍋的人是童貫童公公，人家敢砸，就不怕你站出來鼓噪。再者，在這個節骨眼上突然鬧這麼一齣，大家心知肚明，平西王要收官，最後一根壓彎蔡家的稻草來了。

文景閣裡，趙佶大發雷霆，狠狠地將奏疏摔在地上，咆哮道：

「下旨意，問那蔡絛，這錢糧，他剋扣了多少？三成的錢糧，他的胃口當真大得很，去問，答不上來，大理寺就去拿人，混賬，混賬！」

這份奏疏所描述的東西，雖然在宮外大家心照不宣，可是趙佶第一次看，真真是後背冒著涼氣，他無論如何也想不到，竟然有人這般大膽，貪墨到了邊軍頭上，還好童貫及時制止，否則這後果何止是不堪設想。

楊戩站在一旁，心裡暗讚：童貫果然老辣，這一下又送給了蔡家一步死棋；蔡絛已經無路可走了。若是蔡絛認罪，以這時趙佶對蔡家的厭惡，大理寺的差役只怕立即就會去泉州拿人。可要是蔡絛抵賴，說這是兵部的定制，是百年來的規矩，這些錢不止他一個人拿了，結果會如何？

這等於是把大家都拖下了水。從前蔡京得勢的時候倒也罷了，可是眼下這個風口浪尖，管他是新黨舊黨，只怕都要和他拼命不可。更何況是牆倒眾人推，蔡絛不管做什麼選擇，都是死路一條。

趙佶怒氣未消，冷聲道：「去，叫沈傲進宮，朕有話和他說！」

楊戩不敢怠慢，頷首點頭，飛快地叫人去喚沈傲了。

近來，沈傲修身養性，還在門口貼了一張字條，叫大隱隱於市，意思是說誰都不見，平西王要做隱士，要閉門謝客。

不過消停不了多久，今日宮裡來了人，又是叫沈傲入宮。沈傲什麼也沒說，朝服也不換，就繫了個魚袋，興沖沖地出了門。

到了宮裡，門口的禁衛見了他，竟是拱手行了個禮，換做以往，便是蔡京，他們也是充作木樁的，這意思已經再明確不過，殿前衛已是人人憤慨，要和沈傲同心協力了。

沈傲一路過去，立即便看到楊碧兒朝他招手。這個楊碧兒和他已經相熟了，沈傲漫不經心地走過去，笑呵呵地道：「小楊公公，怎麼，你乾爹又有事和我說？」

楊碧兒笑吟吟地道：「乾爹在文景閣陪著陛下，走不開，只是讓我帶句話。」

沈傲笑吟吟地道：「你說。」

楊碧兒正色道：「大勢已定！」

沈傲眼眸一閃，露出似有似無的笑容：「過幾日到府上來坐坐，咱們自己人，有空要多親近親近。」這一次沒有拿錢引出來打賞，對楊碧兒這種人，打賞就顯得生分了，沈傲心裡想，這傢伙其實蠻有前途的。

隨即淡淡一笑，繼續向前走，宮裡的氣氛顯得有些緊張，沈傲卻是怡然自若，等到了文景閣，朗聲道：「微臣沈傲覲見。」

趙佶夾雜著怒意的聲音從閣中傳出來：「進來。」

沈傲抬步進去，行了個禮，大剌剌地坐下，笑吟吟地道：「陛下，出了什麼事？」

趙佶指了指地上的奏疏道：「你自己看。」

沈傲彎腰去撿了奏疏，略略一看，呵呵笑道：「陛下，好在童公公彈壓得及時，沒有出事。那些嘩變的邊軍，是不是該收拾一下？」

趙佶冷笑道：「這是官逼兵反，該收拾的不是他們。」他負著手，顯得很是急躁：「蔡家真是太放肆了，一個蔡攸，敢殺殿前衛潛逃；一個蔡絛，敢剋扣軍餉。你說得對，若不是童貫處置及時，只怕要出大事了。」他冷冷一笑，繼續道：「再加上蔡家藏匿欽犯，朕本念在太師勞苦功高，還不想追究，可是現在……」他的眸子如刀一樣掃在沈傲臉上：「不處置是不成了。」

沈傲什麼也沒說，這個時候再勸就是虛僞了，只淡淡笑道：「陛下聖明。」

趙佶嘆了口氣道：「如何處置，朕還要再想一想，明日就是廷議，廷議時再說吧。」趙佶坐下去，心情轉好了一些，道：「近來爲何大門不出？你這平西王難道也要躲懶嗎？」

沈傲苦笑道：「微臣不敢躲懶，只是近來閒言碎語太多，不勝其擾，是以才儘量少出門一些。」

「閒言碎語？」趙佶淡淡一笑道：「你是說諮議局？不必理會他們。朕信你，至少比那沽名釣譽之徒好，既要效忠王事，又何必要愛惜自己的羽毛？讓他們非議去吧。」

沈傲嗯了一聲，心裡想，你好大喜功倒也罷了，卻教我不要愛惜自己的羽毛，這不是把人往火坑推嗎？

趙佶喝了口茶，氣也順了，露出一點笑容，道：「明日廷議，朕有事要吩咐你，今日叫你入宮，是有一件事要和你商議。」

沈傲道：「請陛下明示。」

趙佶目光一閃，似乎做了某個決定，道：「朕打算令你去門下省，如何？」

門下省，幾乎是天下中樞了，這一句話透露了兩個意思，一個是蔡京已經徹底失寵，隨時準備挪位置，另一層意思，就是完全信任沈傲，等於是將軍政都交在沈傲的手裡。

趙佶看著沈傲，期待沈傲的回答。

沈傲只是木然了一下，隨即正色道：「陛下言笑了，微臣身爲武備學堂司業，又主掌鴻臚寺，更以親王之爵位列宗室，這門下省，臣是萬萬不能去的。」

門下省雖是天下中樞，可是在沈傲看來，幾乎是雞肋，看上去權重，責任也是大得很，自己的地位已經到了這個地步，若是再進門下，不說有人非議，就算進去，天天去面對那如海的奏疏，倒不如殺了他。他身上的兩個差事，其實說到底，都是閒職，自己只負責掌舵就好，其他的事都可以放任別人去做。可是門下省不同，干係實在太大，想偷懶都不成，這就完全悖逆了沈傲的性子了。

再者說，自己的權勢已經到了駭人的地步，再進門下，就真的成了曹操，這年頭，做曹操可不是什麼好事，還挾天子令諸侯？

這炙手可熱的權柄，沈傲一點留戀都沒有，要他像蔡京那樣，每日大清早起來，坐著轎子先進宮去說幾句公務，再到門下省去一坐便是一天，那是想都別想。

沈傲深深吸了一口氣，道：「再者微臣閒散慣了，還是請陛下另委他人吧。」

趙佶笑了笑，也沒說什麼，只是道：「正是你有這個心思，朕才最放心你。」他倒也不勉強沈傲，繼續道：「好了，早些出宮去吧，明日廷議，朕還有事交給你做。」

沈傲頷首點頭，拜辭出來，心想，不知下一個門下令是誰，想了幾個人都覺得不對，隨即搖了搖頭，不再理會，淡淡笑著去了。

中和元年四月初九這一天，春光還沒有散去，雖是轉眼就要入夏，天上仍飄蕩著春雨，這綿綿的雨水從昨夜到清早一直下個不停。

一大清早，各家的轎子就已經出發了，廷議在即，經過陰雨的洗滌，雖說空氣清新，可是坐在轎子中的大人們卻都是想著心事，邊關的嘩變，捉拿蔡健到無疾而終，蔡攸的潛逃，這一樁樁事件已經傳遞出一個信號，足以讓所有人心驚膽魄。

沈傲裡頭穿著朝服，外頭披著蓑衣，頭上頂著一頂斗笠，冒雨從王府裡出來，原本劉勝是叫他坐車的，可是沈傲撇了撇嘴，說什麼騎馬鍛鍊身體，最後劉勝也只能由著

他。

宮門口已經來了不少人，都坐在轎子裡避雨，等到清脆的馬蹄聲敲擊石磚的聲音傳出來，大家便知道那傢伙來了，愣子果然是愣子，人家都坐轎，這下雨天，他卻騎馬，這沈愣子，還真是不可理喻。

不過誰也不敢說什麼，儘管心裡腹誹，卻都免不得掀開轎簾子，朝打馬過去的沈傲露出笑臉：「王爺來得早。」沈傲坐在馬上從容過去，一個個說：「不早，不早，收衣服的時候耽誤了。」

那一張張笑臉都是僵了一下，早晚和收衣服有什麼干係？不過平西王一向喜歡說話不按牌理，於是都儘量露出勉強的笑容。

最殷勤的就是那李邦彥了，還冒雨從轎子裡鑽出來朝沈傲行禮：「平西王好風采，哈哈，老夫就不成了，年紀大了騎不得馬。」

沈傲拐了馬過去，理都不理，從前他還應付一下，後來越來越覺得這傢伙乏味。

李邦彥雖吃了癟，臉上卻還是帶著真摯的笑容，一點也不為意的樣子，跟在沈傲的馬後頭，這陰雨雖是不大，可是他這個歲數被這風雨一打，卻也有些吃不消，渾身瑟瑟作抖。

沈傲翻身下馬，雖然覺得此人討厭得很，終不免見他這樣，道：「李大人還是回轎中去避雨吧。」

李邦彥卻是不肯，笑吟吟地道：「王爺能淋得雨，下官也淋得。」沈傲就不再理會了。

這時候，宮門終於開了，一個太監濕漉漉地出來，朗聲道：「各位大人進宮覲見吧。」

大家嘩啦啦地從轎子裡鑽出來，卻都不能撐傘。原來宮裡有不成文的規矩，誰都不許撐傘，因傘和雲蓋差不多，進了宮，除了皇上和皇后或者一些貴人，其餘人都不能撐雲蓋，否則就是篡越。大臣們雖然清貴，也要遵守這個規矩，管你是七老八十，都得乖乖地冒著雨過去。

往日若是天氣不好，又沒什麼大事，一般都會將廷議挪後，也算是照顧老臣，可是這次宮裡沒有挪後的打算，那麼只能委屈諸位大臣了。

沈傲放眼一看，這些個弱不禁風的身體都在風雨中瑟瑟發抖，心裡大笑：淋雨了吧，本王可是有備而來，戴著斗笠又穿了蓑衣，看你們下次還敢不敢乘轎子。

眼珠子一轉，沈傲跑去周正那兒，把斗笠摘下，戴到周正頭上，笑嘻嘻地道：「泰山大人，這斗笠你帶著。」

周正正被這雨打得渾身冰涼，倒是卻之不恭，只朝他淡淡笑了笑道：「你也莫要淋

病了。」

沈傲呵呵一笑，打了個響指：「人來。」後頭的幾個護衛打馬過來，翻身下馬，打開一個油布包，露出七八頂斗笠來，沈傲一個人拿了兩頂，戴在頭上，看到那些落魄的身影，心裡更是樂開了花。戴兩頂斗笠，氣死他們。

其餘的斗笠則是分給石英、曾文、姜敏幾個，可惜另一個老丈人唐嚴還沒有參與廷議的資格，白白少了個孝敬的機會。

沈傲目光一閃，手裡拿著一頂剩餘的斗笠，目光落在那冷得顫抖的楊真身上。楊真身上的衣衫已經淋透了，年歲又不小，平時別看他喳喳呼呼的，見誰都要罵上幾句，這時卻是個十足的小老頭樣子，淒慘極了。

沈傲走過去，笑呵呵地道：「楊大人要是淋壞了身子，將來誰來罵本王？這斗笠給楊大人戴了，待會兒出宮的時候記得還我。」不容楊真拒絕，便將斗笠戴在了他的頭上。

那些淋著雨的官員們一看，頓時傻了眼，方才還在罵人家是愣子，現在看來，誰愣還不一定呢，不過這個時候的沈傲，說他愣倒也沒有錯，頭上疊著兩個斗笠，這副尊容去面聖，也算是獨一無二了。

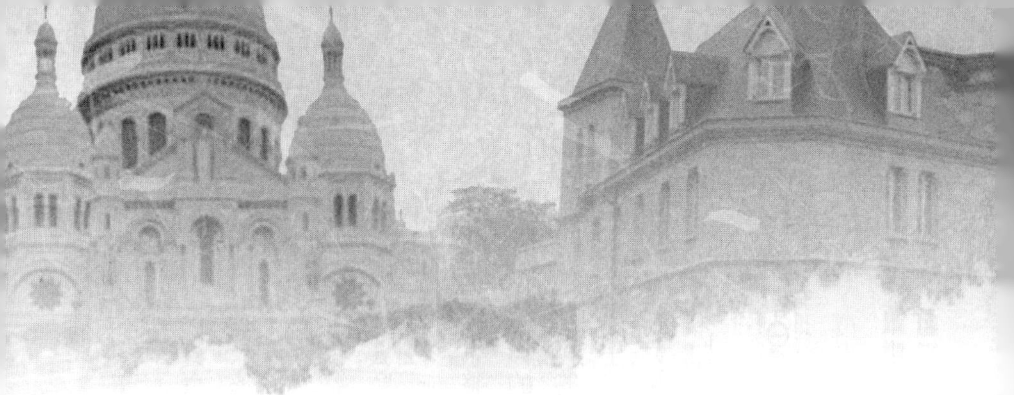

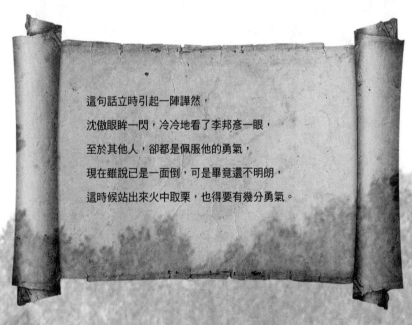

第七十八章 火中取栗

這句話立時引起一陣譁然，

沈傲眼眸一閃，冷冷地看了李邦彥一眼，

至於其他人，卻都是佩服他的勇氣，

現在雖說已是一面倒，可是畢竟還不明朗，

這時候站出來火中取栗，也得要有幾分勇氣。

以蔡京爲首，官員們排起長龍，在這淫雨霏霏中，正要魚貫入宮。

蔡京率先過了門洞，卻被方才的太監攔住，這太監臉上笑得詭異，陰沉沉地向著蔡京道：「太師，且慢著進去。」

蔡京整個人濕淋淋的，說不出的蒼涼，呆滯地道：「公公有何見教？」

這太監趾高氣昂地道：「陛下說，太師年紀老邁，廷議辛苦，還是暫先回家歇養吧。」

蔡京整個人不由地顫抖了一下，雖是早有心理準備，可是事到臨頭仍不免震驚，被雨水淋濕的眉眼來不及擦拭，他慢吞吞地跪在雨中，道：「老臣謝恩。」

身後的官員頓時愕然，紛紛竊竊私語，誰也不曾想到，老邁了幾十年的太師，陛下終於說出了歇養的話，這話意味著什麼，已經是不言而喻了。

那太監繼續道：「陛下還說，太師若是還有什麼說的，可以叫咱家遞過去，往後就不必進宮了，太師年紀大了，該頤養天年了。」

蔡京直挺挺地跪著，猶豫了一下，才道：「請公公轉告陛下……」他頓了一下，慢吞吞地道：「臣以八十衰病之人，蒙起田間，置之密勿，恩榮出於望外，死亡且在眼前，復更何希何覬？而誣以亂臣賊子之心，坐以覆宗赤族之禍。」他重重地在地磚上的一灘水中納首：「請陛下明鑒！」

這一句自辯之詞，道盡了蔡京此時的心境，若說他貪贓禍國，他也認了，可是說他是欺君罔上，這條罪，卻是蔡京萬萬不敢生受的，幾十年來，他對趙佶言聽計從，投其所好，如今卻落了個欺君的下場，真真教人感慨。

太監冷冷道：「太師的話，咱家記著了，待會兒自會回稟，太師請回吧。」

蔡京道了一聲謝，踉蹌著站起來，卻無人去攙扶他，與他相熟的都刻意將臉別到一邊去，人情冷暖，在這詩意的雨中體現的淋漓盡致。

蔡京呆滯地站起來，腳步有些虛晃，一步步往回走去，細雨像是遮蔽了他的視線，讓他有些辨不清方向。此時，一頂斗笠伸過來，一個穿著蓑衣頭戴斗笠的人，帶著會心的笑容，朝他遞過斗笠。好在那人頭上兩頂斗笠，摘下一頂，還有一頂戴在頭上。

他真摯地笑道：「太師，這斗笠借你吧。」說罷，走過去攙扶住蔡京，一步步將他送到轎子那兒。

蔡京鑽進轎子的時候，忍不住深望了沈傲一眼，道：「平西王客氣。」沈傲弓著腰，朝他欠了欠身，什麼也沒有說，返回官員的隊伍中去。

這個表現，讓所有人驚愕了一下，只當這平西王是伺機折辱，隨即也都別過頭，當做什麼都沒看見。可是只有蔡京和沈傲知道，沈傲方才的舉動完全出於真心實意，二人雖是死敵，可是在沈傲的內心深處，若是沒有蔡京這個敵人，他的政治手腕永遠不會到

如今這般爐火純青的地步，正是因爲有了這個可怕的敵人，才成就了如今的平西王。

講武殿裡，趙佶穿著冕服，陰沉著臉，先是向沈傲投去一瞥，隨即坐在鑾椅上，抿嘴沉默。

群臣被這氣氛壓抑得有些透不過氣來，有人偷偷打量了趙佶一眼，最後又低下頭去，這朝局撲朔迷離，現在還是勿開尊口的好，免得殃及池魚。

殿上殿下的君臣似乎是在較勁，誰也沒有說話，過了好半晌，趙佶才突然道：「邊鎮嘩變，兵部難辭其咎……」他目光一掃，目光落在新任兵部尚書方達身上。

那方達如在熱火中炙燒，忍不住擦了擦額上的汗，心裡叫苦，這幾年，兵部尚書也不知是犯了什麼忌諱，一個比一個淒慘，自家屁股還沒坐熱，就撞到了這種事。

方達畏畏縮縮地站出班，道出想好的措辭：「陛下，微臣初月上任，上月的錢糧……」他的喉結滾動一下，隨即咬咬牙，蔡京都倒了，還怕那蔡絛做什麼？

方達定下心，繼續道：「都是前任兵部尚書……」

趙佶頷首點頭，他要的，就是這個結果，蔡絛是蔡京的次子，雖說現在對蔡京厭惡至極，可是對蔡京寵信了幾十年，怎麼可能說翻臉就翻臉？這個臉，得讓下頭人來翻，自家再順水推舟。這樣一來，又有誰說趙佶不念舊情？

趙佶冷冷打斷道：「你說的是蔡絛？」

方達哆嗦了一下，雙膝一軟，匍匐跪下，雖說蔡京已經隱隱要倒臺，可是當國幾十年，誰知道還會不會再起復？可是箭在弦上，卻不得不發，總不能教自己把這罪責擔上來。

他其實也算半個蔡京的門生，可是被這一嚇，就什麼也顧不得了，魂不附體地道：「是。」

有了這句話，趙佶的臉上才露出高深莫測的笑容，目光一閃，這一次落著的是御史台一眾御史那邊：「蔡絛貪墨軍餉，御史爲何不風聞稟奏，你們就是這樣報效天恩的？」

語氣淡然，像是在敘說家常一樣，可是淡然的背後卻隱藏著殺機。

一眾御史們站出來，都是垂著頭不敢申辯，怎麼說？難道說這是定制，是祖宗的老規矩，見者都有份？誰說了這句話出來，只怕這殿裡的群臣都要捲袖子和你拚命了。

京官三大油水，泉州的官商孝敬是一個，如今沒了；外放官員的冰炭敬是一個，另一個就是兵血了，這都是穩打穩的金飯碗，鍋雖然砸了，可你要把平時大家一起吃拿的兄弟出賣了，那就等著魚死網破吧。

趙佶冷哼一聲，道：「朕在問你們的話。」

趙佶的語氣冰冷了一些，顯然已經不耐煩了。

終於，一個御史咬了咬牙，道：「陛下，微臣人等不是不知，而是太師當朝，我等不敢彈劾奏事，蔡絛貪瀆之名，早已有之，群臣敢怒而不敢言，微臣萬死，請陛下恕罪。」

說蔡絛，勢必要扯到蔡京，有了這御史的發言，趙佶臉上浮出淡淡笑容，只是這笑容藏在珠簾之後，誰也看不清楚。

趙佶淡淡道：「起來吧。」輕易地就將御史們放過，繼續道：「兵部這邊怎麼說？你們與蔡絛同在衙署辦公，難道就一點都看不出？」

兵部幾個侍郎、主簿聽了，也是嚇了一跳，紛紛道：「陛下，我等豈能不知？只是蔡絛專斷，我等身爲屬官，不敢違逆。」從前都是大家給蔡京去擦屁股，如今卻是一個個站出來，拿蔡家父子當夜壺了，什麼都往他們身上推就是。

而這時趙佶的態度讓他們突然明白，陛下要查問的，不是什麼貪瀆，目標只是蔡家父子罷了。

正在這時，一個振聾發聵的聲音在講武殿環繞不散，眾人矚目看去，卻是尚書左丞李邦彥挺身站出來，朗聲道：「陛下，微臣守制回朝，目睹京畿之狀，驚不自勝，微臣效忠王事，不敢藏私，今日……」

他踏前一步，身形更顯偉岸，道：「微臣願以死相諫，彈劾蔡京，以正國體。」

這句話立時引起一陣譁然，沈傲眼眸一閃，冷冷地看了李邦彥一眼，至於其他人，卻都是佩服他的勇氣，現在雖說已是一面倒，可是畢竟還不明朗，這時候站出來火中取栗，也得要有幾分勇氣。

趙佶淡淡一笑道：「太師乃是朕的肱骨之臣，你彈劾蔡京，豈不是說朕？」

李邦彥亦是淡淡一笑道：「陛下若是見罪，微臣粉身碎骨已圖報答，懇請陛下先看奏疏，再言臣罪。」說罷，掏出一份奏疏，竟是厚厚的一疊，高高拱起，等待內侍前來傳遞。

趙佶朝楊戩使了個眼色，楊戩會意，一步步下了殿，拿了李邦彥的奏疏，再回金殿去，放置在御案上。

趙佶低頭看著奏疏，臉上陰晴不定，隨即哂然一笑，將奏疏擱置一旁，道：「李邦彥，你好大的膽子！」

眾人心裡都在笑，心想這李邦彥今次算是倒楣了，一腳踢在了鐵板上，說不準這尚書左丞就此泡湯也不一定。只有沈傲氣定神閒，不為所動。

李邦彥正色道：「微臣忠於王事，不惜身家，陛下若是以為微臣所言荒謬，請陛下責罰，雷霆雨露具是君恩，微臣不敢怨言。」

殿內的氣氛驟然降到了冰點。趙佶站起來，似在猶豫，來回踱步，突然昂首道：「你說的都是實情？」

李邦彥眼眸中閃過一絲狡黠，卻是無比誠懇地道：「微臣敢以身家諫言，若所查不實，微臣請陛下戮全家以儆效尤。」

屍諫……，殿內這時傳出嗡嗡的竊竊私語，堂堂尚書左丞，朝堂中也算是一號人物，竟是用上了這個，這李邦彥是瘋了嗎？

趙佶也不禁動容，忍不住道：「好一個耿直之臣，朕聽說坊間都叫你李浪子，想不到竟有這份耿直！」

李邦彥肅然，重重磕頭。

就在所有人還沒有回過味來的時候，趙佶虛抬了手，道：「楊戩，念出來。」

楊戩應諾一聲，取了李邦彥的彈劾奏疏，站在殿角輕咳一聲，朗聲念道：

「方今外賊惟女真，內賊惟蔡京，唯有內賊不去，而可除外賊者。去年春雷久不聲，民間恨曰大臣專政，又有四方地震，日月交食，又有民間曰奸臣所致。如是可見民對蔡之恨。罪臣幸蒙聖恩得祿於朝廷，自當效忠皇上，故而陳蔡京七大罪狀，以爲除奸，懇請聖上明查。一大罪：壞祖宗之成法。蔡京雖無丞相之名，而有丞相之權，有丞相之權，又無丞相之責。挾皇上之權，侵百司之事，各衙門每事逢題復皆先面稟而後起稿，事無大小惟蔡京主張，一或少違，顯禍立見：及至失事，又諉罪於人。二大罪：掩皇上之治功。皇上每有善政，必向人傳言：『皇上初無此意，此事是我議而為之……』皇上何不忍割一賊臣，而寧願百萬蒼生之塗炭，因此天下臣民已有異離之心態。微臣乞求皇上，聽臣之言，察蔡之奸，或問宗室，令其面陳蔡惡：或詢諸臣，諭以勿畏蔡威，重則置以專權重罪，以正國法；輕則諭以致仕歸家，以全國體。則內賊即去，朝政可清矣。……」

洋洋灑灑，楊戩刻意停頓，因此足足花了一炷香時間才勉強念完。

群臣紛紛愕然，心裡都不由道，李邦彥果然厲害，尤其是前兩條罪狀，是要將蔡京置之死地了，第一條自不必說，坦言蔡京專權，又加了個破壞祖宗之法，攬三省事雖然是趙佶給的，可是皇帝可以給你，你卻不能擅專，這叫臣節。至於第二條，更是誅心之極，說蔡京邀攬皇帝的功勞，沽名釣譽，只這一條就足夠致仕了，當今皇上好大喜功，豈能容得臣下邀他的功勞。

只是這時沈傲卻是臉色微微變了一下，邀功這一條，是沈傲當著趙佶的面說出來的，這李邦彥怎麼寫進去了？莫非是有人給他通風報信？

他依稀記得自己和趙佶陳述的時候，一旁只有自己和趙佶還有楊戩，趙佶自然不必說，難道是楊戩說漏了嘴？沈傲朝楊戩看過去，楊戩與沈傲早有默契，朝他微微搖頭，

也是一頭霧水的樣子。這時候也不好商量，沈傲只好作罷。

趙佶恰在這個時候說話了，他慢悠悠的道：「朕再思量思量，李邦彥……」

李邦彥在殿下伏地道：「微臣在。」

趙佶欣賞地看了他一眼：「這份奏疏暫且不說，可是朕知道你是個直臣，朕不怪罪你，下去吧。」

李邦彥神色不動，退回班中去。

這時候，別人看李邦彥的表情已經不同了，許多人後悔不迭，早知如此，這奏疏應當自家送上去才是，竟是白白浪費了一次邀功的機會。這李邦彥倒是厲害，莫非是陛下肚裡的蛔蟲嗎？

趙佶露出高深莫測的笑容，隨即目光落在沈傲身上，道：「太師之事暫且擱下，可是朕日前發旨緝拿欽犯，竟是有人妄圖藏匿，膽大至極，再有福州廂軍指揮潛逃，兵部前尚書弊案，這些，都出在福建路那邊，這些事，朕要徹查到底，平西王何在？」

沈傲早已料到這個差事要落在自己身上，此前派了欽差去無功而返，對方又都不是善類，除了他沈傲能大刀闊斧，天知道還有誰有這個膽量。

沈傲站出班來，道：「微臣在。」

趙佶淡淡笑道：「這件事交給你去辦，不必有什麼顧忌，該治罪的治罪，該……」

他在這裡頓了一下：「若是罪名屬實的，先斬後奏吧。」

沈傲躍躍欲試，還是趙佶知道自己的心意，殺人放火什麼的，簡直是他人生的樂趣之一，立即道：「微臣遵命。」

趙佶顯是累了，道：「退朝吧，今日說了這麼多，若是還有事要奏報，就遞奏疏上來。」他站起來，突然猶豫了一下，才道：「太師年紀老邁，門下省的事讓李邦彥暫代。」說罷，才慢吞吞地走了。

李邦彥身體微微顫抖起來。等他站起來的時候，殿堂之內已有許多人過來道賀，李邦彥一抬眼，看到沈傲與石英等人舉步要走，連忙過去對沈傲道：「下官剛剛守制回來，許多不知道的地方，還請平西王指點。」

沈傲打了個哈哈，道：「李大人該向太師指點一下才是，你叫本王去殺人放火，本王倒是有幾分心得授予你；讓本王教你怎麼署理奏疏，哈哈，」他哂然笑了笑，繼續道：「李大人似乎找錯人了。」隨即與石英幾個走了。

李邦彥笑了笑，舔舔乾癟的嘴唇，也不說什麼，自顧自去與其他人寒暄了。

從宮裡出來，楊碧兒急匆匆地攔住沈傲道：「乾爹請平西王過去。」

沈傲朝石英、周正、姜敏幾個抱了抱手，隨楊碧兒到了一處殿角。楊戩閃出來道：

「那李邦彥似乎什麼都知道一樣，咱家越來越覺得可疑，會不會是哪裡出了紕漏？」

沈傲哂笑道：「一個跳梁小丑而已，本王今日能踩死蔡京，明日就能踩死他，泰山不必想太多。」

楊戩頷首點頭道：「這個人身上透著古怪，咱家也只是猜疑一下而已，說不準那罪狀當真是他平白想出來的，趁著這個時機想豪賭一下。」

二人說了一會話，沈傲也就告別去了。

楊戩將楊碧兒叫來，道：「宮裡的事都盯緊一些，近來有些古怪。」

楊碧兒笑嘻嘻地道：「乾爹，蔡京都完了，還怕個什麼，有乾爹和平西王，什麼事還不是咱們說了算？」

楊戩呵斥他道：「胡說八道，天下的事都是陛下說了算，慎言！別給自己攬上禍端。」他想了想，又道：「盯緊著總沒有錯，有什麼古怪，立即報給咱家，在敏思殿裡做得如何？」

楊碧兒道：「乾爹放心，兒子不會給乾爹丟臉。」

楊戩突然想起什麼，道：「李邦彥是哪裡人？」

楊碧兒道：「好像是懷州人，在河北西路，汴京城的人都知道，從河北西路來的士子到了京城都要拜訪他的。」

楊戩冷冷一笑，道：「新進宮的朱貴妃也是懷州人吧，近來倒是頗受陛下寵愛，你不說，咱家還想不起來了。」他哂然一笑，繼續道：「你去做事吧。」說罷，朝文景閣走去。

過了幾日，蔡條的自辯奏疏送到了門下省，據說李邦彥只是略略看了下，便把奏疏壓了下來，朝堂裡不少人十分關心，都去打聽，才知道那蔡條竟是破釜沉舟，說什麼剋扣餉銀是定制，大臣們都分了一杯羹。

這份奏疏遞上去，天知道有多少人要倒楣，於是一時間，汴京城裡彈劾蔡條的罪狀，竟是雪片般的紛紛遞來。

汴京的態勢急轉直下，眼下所有人的注意力，都專注到了沈傲身上。蔡家是百足之蟲，底子還在福建路那邊，那沈傲去福建路，到底會發生什麼，才是眼下撥開雲霧的最好方法。

平西王府處在漩渦之中，卻也出奇的沉靜，沈傲去宮裡拿了旨意，向趙佶拜辭，便去了武備學堂，仍舊是點齊校尉，馬步水軍都有，足足有一千人，看這個樣子，又像是去出征了。

這一次去福建路，對沈傲來說輕鬆了許多，無非是以欽差的身分查案而已，在別人

看來，蔡家瘦死的駱駝比馬大，不敢輕易招惹，可是對沈傲來說，已是案板上的肉了。這一次去福建路，他更多的意圖是趁這個機會好好收拾下未來自家的藩地，把一些該建起來的東西建起來，省得將來沒有防備。

有了這個心思，他的心情倒是有了幾分走馬觀花的心思，輕鬆地與家人話別，便騎了馬帶著校尉們飛馬出城，一路南下。

五月初，船隊終於到了泉州，正好月初是每月商船下海的日子，五處海灣，全是大大小小的商船，將水道擠了個水泄不通，放眼望去，烏壓壓的一片，連天空都黯然失色。

海浪拍擊之聲被那炮竹淹沒，海商們帶著水手到了船頭甲板，上了香，向馬祖娘娘祝禱，接著傳出炮響，船隊在引水吏的吩咐下揚帆出海。

足足等了兩個多時辰，那偌大的船隊才悉數從海灣中駛出來，沈傲的坐船與其他的商船一齊進港，沈傲從舷板上跳下來，站在棧橋上，重重地吸了一口鹹濕的海風氣息，突然有了一種家的感覺。

這地方，往後就是自家的了，自己的子孫也將在這裡繁衍，等朝廷亂七八糟的事都收拾完了，他便搬到這福建路來，帶著這群刁民，去做一些有意義的事，給他們用勞動創造財富的機會。

想到這偉大的計畫，沈傲忍不住想大吼一聲，萬歲！

沈傲抵達泉州的消息，引起了一陣轟動，當地官員與南洋水師都倉促趕過來，泉州知府與南洋水師指揮楊過接了沈傲，將他安頓下來，來不及接風洗塵，沈傲便提議到泉州隨意走一遭。

就藩泉州的消息還沒有透露出來，所以只有沈傲一個人把泉州當做了自己的私產，其餘的人只當沈傲興致勃勃，想看看泉州的變化。

泉州的變化確實翻天覆地，馬應龍頗有得色，領著沈傲，帶著一隊校尉出去。

整個泉州，比之一年多前何止擴大了一倍，其實這也是情理之中，百業興旺，大量的流民湧入，結果城市不得不繼續擴展，再加上窯坊、鐵坊、船塢、絲坊如雨後春筍一樣冒出來，更是吸引了番商遠涉過來。

水路的暢通，對海貿有著極大的促進，就說那泉州的船塢，兩年前不過二十餘座，如今卻是連翻了數倍。

馬應龍先帶沈傲去泉州二十里外一處船塢聚集的地方，接著又帶沈傲到工坊的聚集處，這裡距離泉州也大致有十幾里的距離，人口更加密集。從工坊區到泉州還修築了一條道路，也不知用的是什麼泥漿鋪就，竟和後世的水泥路差不多。

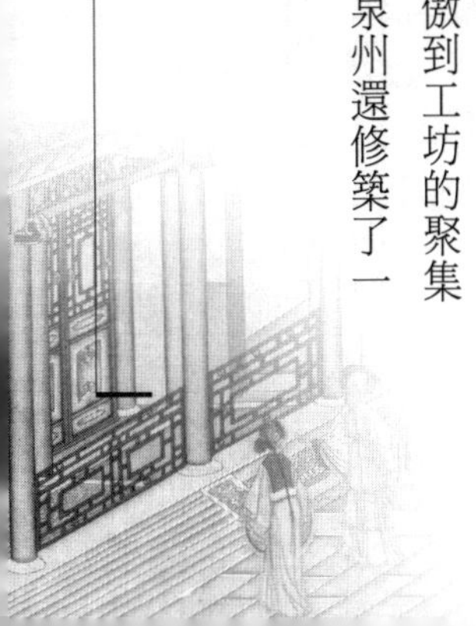

沈傲踩在這路面上，覺得有些新奇，說它是水泥，顯然有點不同，材質好像更細密一些，才知道築路的材料，是古代富戶密封棺木的一種泥漿，這種泥漿比水泥更加細膩，調製也容易，不過畢竟是封棺的東西，避諱的人多。

沈傲呵呵一笑道：「這路往後就叫水泥路了，這路本王喜歡。」

興致盎然地回到行轅，馬應龍陪著沈傲用過了晚飯，笑吟吟地道：「王爺今日暫且歇一歇，若是不急著去興化軍，明日下官帶王爺去看個好東西。」

沈傲淡淡笑道：「什麼好東西？你說說看。」

馬應龍呵呵笑道：「王爺明日便知道，王爺先歇息，下官告辭。」

這傢伙居然賣起了關子，沈傲只好擺了擺手道：「明日清早來見本王。」

當天夜裡，便有無數的名刺遞過來，韓世忠抱著一大疊名刺，苦笑著道：「王爺，都是些商人送來的，還帶著不少禮物，足足堆了七八個屋子，除了金銀，還有不少珍珠玉石，算下來也有數十萬貫了。」

數十萬貫？這泉州的商人果然夠實在，富戶當真是不少。沈傲心裡大致估算了一下，若是再過幾天，單收這些禮物只怕也能賺上百萬的身家，果然還是做官實在。

不過沈傲也明白，他這個平西王相當於泉州商人的保護神，自己一個念頭便可以左右他們的身家性命，所以沈傲自然而然成了這些商人們藉以托庇的大樹，這一趟平西王路過泉州，自然少不得要孝敬一下，只要平西王還肯顧念一下泉州，這源源不斷的錢還怕能賺完？

拿著一疊清單，沈傲看得眼睛都直了，這些商人好像是早有預謀一樣，禮物都是以商會的名義送出，如福州商會、興化軍商會，之後才是零星的商人，且都是出手闊綽，竟有幾分攀比的心思似地，生怕落在人後。

更令沈傲驚訝的是，清單中還有不少藩商的身影，有一個姓默罕默德的大食商人，竟然送了一副鑲金的夜光杯，其價值只怕在三千貫以上。

與韓世忠對視一眼，沈傲分明看到韓世忠眼中的灼熱，冷哼一聲，隨即將清單丟到一邊，韓世忠的臉上又閃出一絲詫異。

沈傲整個人如聖人附體，輕蔑一笑道：「本王是那種逐利之人嗎？君子愛財，取之有道，身為陛下肱骨梁柱，些許小利，豈能打動本王？」

韓世忠在心裡詫異，平西王向來收別人禮物都是來者不拒的，而且在汴京城是出了名的收了禮不辦事，無恥到了極點，這事武備學堂也知道，不過這是私德，大家也不好說什麼，今日這平西王是怎麼了？

正在韓世忠愕然的功夫，沈傲繼續道：「去，把禮物都退回去，告訴他們，君子之

交淡如水，若是再送這些烏七八糟的東西來，別怪本王割袍斷義。」說罷，沈傲便拂袖去了臥室。

韓世忠立即叫了校尉，按著清單把禮物都退了回去。那些被拒了禮的商人都是一頭霧水，還以為哪裡得罪了平西王，惶恐不安之際，立即遣人出去打聽，才知道所有人的禮物都給退了回來。

能富甲一方的，哪一個都是精明的角色，這平西王不收禮，無非是有兩個原因，一個就是當真高風亮節，這一條沒人相信；既然不是高風亮節，那麼就一定是嫌禮物少了，嫌少？那還不容易？連夜備了雙份的禮，再送過去，不怕你嫌少，就怕你不收。

到了第二日清早，禮物又送了回來，商賈們傻了眼，卻是琢磨不透平西王的心思。

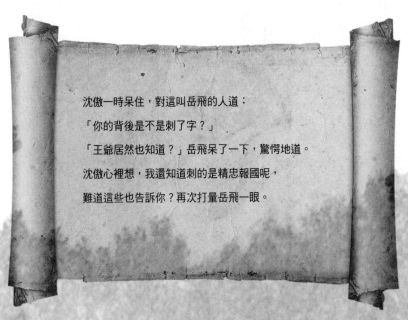

第七十九章 精忠報國

沈傲一時呆住，對這叫岳飛的人道：

「你的背後是不是刺了字？」

「王爺居然也知道？」岳飛呆了一下，驚愕地道。

沈傲心裡想，我還知道刺的是精忠報國呢，

難道這些也告訴你？再次打量岳飛一眼。

馬應龍大清早趕過來，陪著沈傲吃過了早飯，便帶沈傲出門，直接往水師的水寨去。

沈傲只當馬應龍要給自己驚喜，所以沿路也不多問，等到了水寨，南洋水師已經列好了隊伍，兩三萬人整整齊齊，由楊過領頭，一齊呼喝一聲：「見過平西王。」

楊過小跑過來，對沈傲行了禮，道：「請王爺校閱。」

沈傲含笑打馬過去校閱了一圈，回來道：「這水兵操練得很好，楊指揮，將來本王一定爲你請功。」

楊過立即客氣道：「沒有王爺，就沒有楊某今日，卑下只求不負王爺知遇之恩，至於請功二字，萬萬不敢。」

沈傲淡淡一笑，朝馬應龍道：「馬大人說的好東西呢？」

馬應龍朝著水寨外的一片海灣指了指，道：「王爺請看。」

沈傲循目看過去，便看到微波粼粼的海面上，停泊著一艘狹長的戰艦，遠遠目測不到戰艦的長度，不過這戰艦的樣式，竟有幾分後世炮艦的模樣，共有七葉風帆，船身上隱隱約約可以看到黑黝黝的東西，像是炮口。

沈傲不由道：「是本王下令各處船塢督造的炮艦？」

楊過興奮地道：「正是，泉州第一艘，有個叫李福的人邀了工匠造出來的。這船快得很，比尋常的艨艟艦還要快一些，船身上左右共有三十門兩斤重的小炮。」

沈傲還真是頗有些驚喜，道：「走，去看看。」

進了水寨，上了一艘小船，小船划過去，到了這艘戰艦旁，沈傲仰首看去，才發現這艘戰艦船身不小，那七八丈長的桅杆像是看不到盡頭一樣，上頭的水兵放下吊籃，把沈傲等人吊上了甲板。

站在這裡看著沿岸的群山和腳下的波濤，沈傲忍不住道：「不錯。」

這艘戰艦長約十五丈左右，和後世的大艦雖然差得遠了，可是在這時代卻也算是龐然大物，沈傲到炮艙去看，那炮室其實並不大，裡頭都是小炮，以現在的水準，若真是裝上大火炮上去，那後座力船身也承受不了，這小炮暫時也足夠了。至於其他的東西，沈傲也不懂，只是粗略看了一下，便又回到甲板上，沿著船舷看風景。

從炮艦上下來，沈傲一邊拍了手上的灰塵，一邊問：「這船是哪個船塢造出來的，送一筆賞錢過去，再訂購三艘，和他們說，若是能再改進，水師還要訂購，價錢的事好說。」

楊過跟在後頭應了。

沈傲又對馬應龍道：「再過幾日我就要去興化軍，不過在走之前還有事要辦，勞煩馬知府叫差役去各大商會知會一下，叫他們不必再送禮了，明日清早，叫他們推出幾個

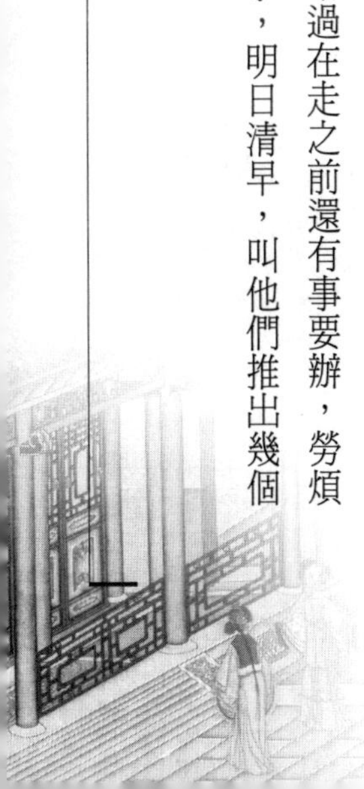

人來，本王有話要和他們商量。」

楊過呵呵一笑，道：「下官回了衙門，立即叫人去辦。」

沈傲嗯了一聲，顯得很滿意，這一次來泉州，許多事確實出乎他的預料之外，他淡淡一笑，便隨著楊過去南洋水師衙門，和那些水師的將校混個臉熟。

坐在衙門的高堂上，下頭是幾十個南洋水師的指揮、營官，沈傲招呼眾人道：「都坐下說話。」眼睛在人群中掃視了一眼，認出了幾個從前興化軍的人，不由笑道：「劉冰、王彪，你們兩個如今也做了營官？」

被叫到的兩個營官剛剛坐下，立即站起來，對沈傲又敬又畏地行禮道：「全賴王爺栽培。」

沈傲撇了撇嘴道：「本王栽培你們做什麼？這是你們自己的本事，來了這南洋水師，就不能再像興化水軍的時候一樣了，好好的做事，把水師練出來，本王才會栽培你。」

二人尷尬地應諾：「王爺吩咐，卑下銘記在心。」接著，才帶著一點不自然的神色坐下。

沈傲直接開門見山道：「眼下當務之急，是將炮艦琢磨一下，發揮到極致，楊過，說說你的想法。」

楊過早有腹稿，躬身道：「卑下和大家商議了一下，決心還是將第一艘炮艦送給泉州船政學堂操練。」

沈傲驟然想起，這泉州因爲武備學堂引發的風潮，確實興辦了一個泉州船政學堂，主要操練的是水師課程，現在船政學堂和南洋水師，一個輸送人才，一個大力扶持，楊過的心思也簡單，先把炮艦給船政學堂去操練，讓他們自己琢磨炮艦的戰法和陣型，反正將來這些操練的學員，也是要到水師來的，再由這些骨幹將炮艦的操作、戰鬥方法傳授出去。如此一來，南洋水師省了心，船政學堂有了這個炮艦，也大大提高了學員的水準，至少在操作上能勝過武備學堂的水師校尉一頭，大家各取所需。

沈傲聽了，笑道：「這也是個辦法，就這麼辦。」

沈傲一錘定音，呵呵笑道：「聽說那船政學堂祭酒是個老軍伍，什麼時候本王倒想見一見他。」

楊過笑呵呵地道：「吳祭酒早盼和王爺一見，我待會兒叫人去給他傳個話。不如這樣，明日正午，王爺若是有空，去船政學堂轉一轉如何？」

沈傲興致勃勃地應下，他對泉州船政學堂還真有幾分興趣，道：「本王這司業，就當是去兄弟學堂瞻觀了。」

在座之人轟然笑了起來。

沈傲起身道：「今日就說到這裡，水師缺什麼，直接給本王遞條子，本王一定給你們解決。」說完飽有深意地道：「水師是本王提議創立的，這南洋水師也是本王一手拉拔出來的，諸位不要辜負本王的期望。」

將佐們正色起來，肅然起敬道：「王爺放心，卑下願效犬馬之勞。」

楊過一直將沈傲送出來，突然道：「王爺好不容易來泉州一趟，何不如去新城那邊轉一轉。」

「新城？」沈傲道：「什麼新城？」

楊過乾笑道：「其實也不算什麼新城，不過是港口和碼頭吃緊，泉州打算在五十里外的一處海灣建立幾座港口，已經準備動工了，誰知商人們聽了風聲，就在海灣靠近港口的地方購置了土地，紛紛建起貨棧和商鋪。那新城數月之前還是不毛之地，只三個月夫，如今方圓數十里的土地都被搶購一空，建鋪面、蓋宅子的到處都是。後來還是知府出來主持了大局，說要空出一些土地來修築道路、衙門和景觀，這才有了幾分規劃，現今那裡有數萬工匠日夜不懈的開工營造，若不是工匠緊缺，耽誤了許多工期，只怕年底時就能變成另一番模樣，不過現在算來，要挪後半年了。」

泉州的擴張勢在必行，建築新城也是情理之中，沈傲並不覺得奇怪，呵呵一笑道：「這個倒有些意思，不過既是個大工地，本王還是不去了，倒是要建新城，可以先有個規劃，省得到時候滋生麻煩。」他翻身上了馬，才又道：「我去知府衙門走一遭，看看他們是如何個規劃。」

泉州給沈傲的驚喜，似乎接踵而至，從工坊區到船塢區，還有炮艦，每一樣事物都讓沈傲滋生出新的興致。

帶著校尉直接到了知府衙門。馬應龍也是才回來，剛剛打發了差役去通知各家商戶，見沈傲來了，立即帶著屬官一起來迎接。

沈傲說了新城的事，馬應龍呵呵笑道：「這新城到處都是灰塵，嘈雜得很，是以下官才不敢帶王爺過去看，不過這規劃的事也容易，已經命差役去劃了線，預留了道路和衙門、水井的地方。」

沈傲愕然道：「怎麼，不需要畫張圖？」

「畫圖？」馬應龍呆了一下，一頭霧水。

沈傲才知道，這時候的土地規劃是不必畫圖的，於是招來幾個校尉，問：「你們這些人裡頭，哪個人測繪課學得最好？」

一個校尉不好意思地毛遂自薦：「王爺，卑下的成績還不錯。」

就他了，沈傲拍了拍他的肩：「叫一些弟兄去，畫一幅新城的地形圖來，給你三天

時間夠不夠？」

校尉咬了咬牙道：「卑下不睡覺也畫出來。」

三天時間實在緊湊了些，好在那裡本就是空地，校尉人手也多，平時的測繪課也都學得不錯，至少拿出一張草圖是不成問題的。

沈傲便吩咐他們去了，自己留在知府衙門閒坐了一會兒，在這裡用了午飯，心裡對這新城有了些想法，便琢磨著是不是在這裡再多耽擱幾天再去興化軍。反正也不怕蔡家那些人跑了，先下張條子讓知軍段海把宅子圍住就是。

一大早，欽差行轅便擠滿了人，一張張名刺遞過去，都是某商會會長之類或者一些大商賈的身分。

門房笑吟吟地對諸人道：「王爺還沒起來，諸位少待一下，等王爺起來了再與諸位商議大事。諸位先隨我到廳中喝茶。」

來的人足足三十多個，可以說是泉州商人們的代表，哪一個都是富甲一方的巨賈，且名望又高，這些都是在泉州城裡跺跺腳，地皮都要顫一顫的人物，可是在平西王行轅裡，卻是恭謹無比，一點都不覺得平西王怠慢。

差不多快到午時，時候已經不早了，商賈們這才有了幾分急躁，這平西王平日都是這個時候起來的？對於他們這些大商賈來說，賴床到這個時間簡直就是作孽，一刻鐘幾百貫的生意呢，時間就是金錢，都巴不得不吃不喝不睡了，哪裡還肯這麼消磨時間？不過隨即一想也就釋然，人家是平西王，自然和他們不同。

再過了一刻鐘，沈傲終於來了，帶著一對熊貓眼，施然地坐下。一個校尉上了一盞茶來，沈傲輕輕飲了一口，精神一下子好了許多，道：「這海路的生意有沒有什麼麻煩？」

商人們立即道：「托王爺洪福，如今的商船暢通無阻，泉州這邊又是水漲船高，生意越好做了。」

在座之人爲首的，是泉州商會會長王保，他下首的是福州商行會長溫衡，王保是個古來稀的老者，穿著樸素，因爲常年在海上跑的緣故，臉上的皺紋像刀刻一樣，唯有一雙眼睛，如椎入囊，使得他整個人顯得年輕了一些。

至於那溫衡，則是個四十多歲的中年人，穿著得體的綢緞圓領員外衫，手上是碩大的瑪瑙指環，富貴逼人，圓圓的臉上滿是和氣生財的樣子，讓人有點捉摸不透。

沈傲淡淡一笑道：「諸位忙著做生意，可是在本王看來，這生意做得太大又有什麼意義？人總得要做點有意義的事。比如本王……」沈傲挺挺胸脯，豪氣干雲地道：「就常常會做一些有意義的事，尤其是樂善好施……」

話說到這裡，後面的話大家已經不用再聽了，樂善好施，平西王這是要索賄了，於是大家都擠出一副「我懂得」的笑容。

王保最是財大氣粗，笑呵呵地道：「王爺有什麼難處，儘管說就是。」

「痛快！」沈傲拍案而起，道：「本王就喜歡和痛快人打交道，其實本王請你們來，也是爲了你們好，做生意，難免會做些傷天害理的事是不是？人啊，要積陰德，否則將來生了兒子沒屁眼，那就得不償失了。」

這一句生兒子沒屁眼，讓在座的人都是臉色有點不太好看，要錢就直說，何必打擊一大片？

沈傲繼續道：「本王呢，想到了一個辦法，不如大家同心協力，辦一個善堂，但凡諸位若有些閒錢，不如投入這善堂裡去……」

王保捋著花白的鬍鬚，心裡想，一年功夫，平西王果然和從前不同了，據說這位王爺在鴻臚寺都是大剌剌地伸手要錢的，想不到現在還知道婉轉一番，果然是人在官場，豬都能變得圓滑一些。

溫衡則端著茶盞，心裡想道，善堂不就是給接濟平西王的嗎？看來這王爺還懂得細水長流的道理，一次收禮猶嫌不足，還想來個長遠之策。

沈傲見眾人一臉恍然大悟又是奇怪的樣子，臉色一變，按住了腰間的尚方寶劍，怒道：「怎麼？你們當本王是什麼人？當本王要訛你們的銀子？」

商人們嚇了一跳，紛紛擠出笑容道：「不敢，不敢，王爺是何等身分……」

沈傲狠狠一拍桌案，雙眉倒豎道：「口裡說不敢，心裡卻是說了！」

大家一起喊冤：「口裡不敢，心裡也不敢！」

沈傲的臉上這才放鬆了一些，繼續道：「這善堂全靠諸位募捐，你們都是商會的代表，各自報一個數目出來，每年募捐一次，今年諸位打算募捐多少？」

手還搭在劍柄上，頗有些打劫的意思，溫衡最先開口：「福州商行願笑納五十萬貫。」

福州商行在泉州也是有數的大商會之一，單商人便有一千多個，湊出個五十萬貫出來倒也不算難事，這溫衡心裡已經有了計較，率先報出了數目。

有了人起頭，後頭的人也就爭先恐後了，幾十個人紛紛報了數字，沈傲的臉上霎時露出笑容，叫人記錄了下來，只半個時辰不到，便有近五百萬貫入賬，天下的買賣還有什麼比這個更划算？

沈傲坐下來，端起茶盞，悠然地道：「這就是了，一切都爲了積德不是？諸位的這般善舉，本王將來一定上表朝廷，到時候叫知府衙門給你們起牌樓，彰業績。」說罷才正色道：「這善堂雖是你們募捐來的，可是裡頭的錢，本王一分也不會動，五百萬貫，

會全部用來建學堂和修築道路。諸位都知道，眼下工匠吃緊，便是在座諸位，只怕也招募不到人手吧？」

王保聽到招募二字，滿是頭痛地道：「王爺這話說到小人心坎去了，小人的生意涉及得多了些，船隊暫且不說，熟練的水手和船工尋不到，只能找些學徒去頂替一下。還有幾個鐵坊，就是因爲沒有熟練的工匠，幾次差點斷工，如今泉州四處都缺鐵，水師衙門要，船塢也要，就因爲這個，急得小人頭髮都白了。」

許多人也是同樣境遇，王保率先訴苦，大家也跟著七嘴八舌地說著，說來說去，還是泉州發展得太快，以至於人力和工匠補充不過來，再者工匠這東西，大多都是將自家的技術私藏起來，打算拿來給子孫們糊口的，所以普通人學不成，學成的人又不說，最後的結果就是工匠奇缺，大家都不安生。

沈傲淡淡笑道：「所以本王才要建善堂，打算用裡頭的錢建一個學堂，學堂裡頭不但可以教人算學術，教人讀書寫字，還教人製鐵、製陶、製絲、造船……」

建學堂學這個……大家都是啞然，不過他們畢竟不是拘泥的人，立即明白了沈傲的用意，學堂學東西肯定快，比如學製鐵，只要請一些鐵匠來，便可以立即培養一大批人，只是怎樣才能讓這些鐵匠不藏私？卻又是個難題了。

沈傲見他們一副狐疑的樣子，便道：「裡頭的教員，全部交付官體，教得好的，會給予獎金、授予官職，年末還要讓學員們考試，誰帶的學員合格的越多，獎勵越豐厚；反之若是最少，除了退聘，還會公告於眾，退聘的人，各大商行的商人都不許接收，否則每年要繳納罰金。」

這一招夠毒的！溫衡已經坐不住了，心裡想，若是這樣，那些教員還不把心窩子都掏出來？教得好就是前程光明，教得不好，連飯碗都會丟掉。

沈傲繼續道：「學堂的事，本王打算在新城拿塊地建造，只怕還要半年才能辦起來，這個時間，就是多招募一些教員還有籌措各項事宜了，如今善堂的錢應該足夠了，剩餘的就用來修築道路，諸位以爲如何？」

建學堂，等於是把在座之人最頭痛的事解決了，而修築道路對商家們也有好處，於是眾人紛紛點頭道：「王爺怎麼說，我等自然鼎力支持。」

沈傲放下了心事，其實這善堂和其他地方的攤派差不多，如今泉州的商稅還不是交給他這個平西王，而是直接進了朝廷的府庫，眼下的許多事若是沒有錢，是萬萬不成的，沈傲雖是有千萬貫的身家，可是讓他一個人掏錢，依著沈愣子的風格自然不願意。這樣倒好，以善堂的名義攤派下去，可以先把許多架子先搭起來，等將來當真就了藩，再用稅款補上去。

商人們做事一向雷厲風行，更何況涉及到了平西王，眾人回去之後，沈傲直接尋了個鋪面，把善堂的旗號掛了出來，各家商行立即就把錢引送了來。

幾十萬貫說大不大，對一個商賈來說當然嚇人，但是對商行來說卻不算什麼太大的數目，再者此前籌措禮物，也都備了一些現錢，所以現在根本不必再商議籌措，直接把賄略的錢換成募捐的錢而已。

有了這個錢，知府衙門立即派了人來，會同沈傲隨來的博士進行清點，此外再叫人把建學堂和修築道路的消息放出去。

當天下午，沈傲打馬到船政學堂去。船政學堂也是個水寨子，陸地上的建築用來操練身體教學，水寨停泊了十幾艘船，是讓學員下海操練用的。

剛到學堂門口，立即便有個糟老頭子領著一群人出來迎接。

這老頭說不上壯碩，也談不上什麼龍行虎步，乍眼看去普通得很，不過身體倒還結實，膚色古銅，一看就是常年在海上飄的傢伙。

這老頭躬身道：「老夫周昌，恭迎王爺。」後頭的人估摸著也是教員，紛紛附和道：「恭迎王爺。」

沈傲翻身下馬，板著臉道：「這裡王爺沒有，司業倒是有一個，今日特地來看看船政學堂的，取長補短。」

這一句半玩笑的話，將大家的關係一下子拉近了不少。周昌興沖沖地領著沈傲進了學堂。

這學堂比之武備學堂自然簡陋不少。闊地上已經有數百個學員站成方隊等候沈傲駕臨了。從隊列就可以看出這船政學堂的軍紀不壞。

周昌在旁道：「這都是按著武備學堂的方法，結合水師的步操操練出來的，白日裡，學員們例行操練，夜裡會讓他們讀些書，雖比不過校尉，至少大字都還認得幾個。」

沈傲領首點頭，興致高昂地道：「周老先生致仕之餘還能爲朝廷分憂，本王佩服。」

沈傲好歹是辦過武備學堂的人，行情還是懂一些的，單看這些學員的模樣，就知道不會差到哪裡去，虧得這周昌沒有經驗，照貓畫虎，居然能有這個成績，已經很不錯了。

他不禁親自走到隊列前，那些學員也是第一次見到像平西王這樣的高貴人物，一個個有些拘謹，卯足了勁把身子綳直。

沈傲突然駐腳，在一個不起眼的學員面前停下，慢悠悠地道：「你叫什麼名字？」

「回稟王爺，我叫岳飛。」這人挺著胸脯，略帶些稚嫩地道。

沈傲先是含笑，隨即一張臉垮了下來，用指節在他頭上給了他一個爆栗，惡狠狠地道：「你是岳飛，那本王豈不是西門慶？老實回答！」

這自稱岳飛的人臉上苦笑，身板仍是挺得筆直：「王爺，我真的叫岳飛。」

沈傲狐疑地看了他一眼，身後的周昌笑道：「回王爺，他說的沒錯，他確實是岳飛。」

沈傲一時呆住，對這叫岳飛的人道：「你的背後是不是刺了字？」

「王爺居然也知道？」岳飛呆了一下，驚愕地道。

沈傲心裡想，我還知道刺的是精忠報國呢，難道這些也告訴你？再次打量岳飛一眼，心裡明白，歷史已經發生了偏差，這時候的岳飛，應當還是個稚嫩的小青年，至於他爲什麼會來這學堂，其實也好解釋，畢竟這裡是除了武備學堂之外最吸引武人的地方，靖康之恥沒了，岳飛自然不會對金人有什麼滔天的仇恨，多半這傢伙也是當了幾年兵，覺得沒什麼出路，才跑到這裡來混個前程。

「原來真是岳飛……」沈傲瞇著眼，饒有興趣地打量著這個略帶羞澀的青年，這時的岳飛，不過二十多歲，身體也不如沈傲想像中的那樣壯碩，更沒有什麼虎軀一震的王八之氣，除了眼眸清澈了些，倒是一點都看不出岳爺爺的樣子。

沈傲眼眸中閃出一絲邪惡，隨即人畜無害地道：「岳飛，你站出來。」

「遵命。」岳飛跨前一步。

「轉過身。」在所有人一頭霧水的目光中，沈傲很平淡地說。

岳飛狐疑的背轉過身，將背部留給了沈傲。

沈傲很正人君子地道：「能不能把屁股撅起一點，雙腿彎曲一點，不要緊張，本王只是看看學員的體力如何。」

岳飛無奈，只好撅起屁股，雙腿稍稍地彎曲了一點。

「低一點好嗎？」沈傲的話音中氣十足，渾身上下散發出正氣。

岳飛有點兒害羞，只好再蹲低一點。

這時候，後腦風聲傳來，一條腿不輕不重的踢在他的屁股上，他猝然沒有防備，不由打了個趔趄，口裡還在道：「王爺……你……」

沈傲踢了岳飛的屁股一下，收了腿，很得意地拍了拍身上的灰塵，接著像是什麼事都沒有發生一樣，道：「沒什麼，看看你的應變能力而已，不錯，很有彈性。」

沈傲說完，帶著周昌一行人便往前走了。心裡卻是樂翻了天，很是愜意地想：今天在日記裡一定要記上「未時三刻踢岳飛屁股一記」。更是豪氣干雲地想，天下之大，誰能踢岳飛的屁股？上下五千年，只有我沈傲了。

不過歷史已經改變，不說沈傲將來必定名留青史或遺臭萬年，這岳飛將來會不會成爲後世家喻戶曉的名將還是個未知數。沈傲心裡默默祈禱，蒼天啊，讓岳飛那小子多一點成就吧，否則本王的日記教誰看去？

沈傲亂七八糟地想著，總算把隊列校閱完了。與周昌閒談了一個時辰，晚飯索性就在船政學堂裡吃了。

沈傲對周昌道：「那個叫岳飛的，在學堂裡成績如何？」

周昌不由看了沈傲一眼，心裡想：莫非這平西王也好男風？否則……不過心裡雖是這樣胡猜，卻一點都不敢表現出來，正色道：

「此人本來年紀大了一些，學堂是不打算收他的，誰知他求告了幾天，又跪在學堂門口，說是不遠千里而來，一定要入學堂不可。老夫見他一片赤忱，便讓他入了學。雖說入學比別人晚了些，卻刻苦得很，加上有幾分天資，成績很是優異。」

沈傲淡淡一笑，也就不再問了，對周昌道：「你這學堂將來還可以擴建一下，不過也不能急於一時，過兩年再說，本王儘量撥下一筆銀錢來……」

周昌喜出望外道：「王爺，這學堂雖是老夫籌辦，卻是咱們泉州的學堂，老夫不敢居功，這學堂的祭酒，自該讓王爺來做，老夫做一個司業已經足夠。」

周昌是老江湖，沈傲肯給好處，他也不能不投桃報李，再者，船政學堂在他手裡，終究還有個極限，可是讓沈傲做了這個名譽上的祭酒就不同，正如武備學堂的祭酒由天子兼領一樣，有了沈傲，學堂將來的許多事就好辦多了。

說得再難聽一些，沈傲做了祭酒，生員至少還可以再提高一個檔次，畢竟武學學堂這東西是新事物，沒有大人物鎮著，誰知道能辦到什麼時候？可是有平西王這一人之下萬人之上的人在就不同了，南洋水師本就是平西王統轄的範圍，至少將來學員的出路，有了個強力的保證。

沈傲淡淡一笑，倒也不拒絕，一個武人學堂，不可能永遠讓私人去籌辦，將來若是就藩，也早晚要被沈傲收入囊中的，既然周昌肯提出來，沈傲沒有拒絕的道理，便笑吟吟地道：

「這樣也好，不過你這司業還是學堂的總管事，本王只領個虛銜就是了。」

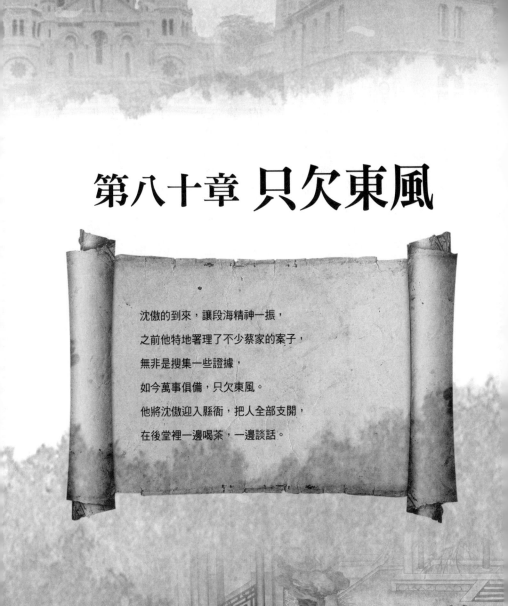

第八十章 只欠東風

沈傲的到來，讓段海精神一振，

之前他特地署理了不少蔡家的案子，

無非是搜集一些證據，

如今萬事俱備，只欠東風。

他將沈傲迎入縣衙，把人全部支開，

在後堂裡一邊喝茶，一邊談話。

福州城裡陷入了一陣恐慌，先前去拜謁提刑使的官員似乎收到了什麼風聲，一下子再沒有了巴結蔡絛的興致。

蔡京大致算是致仕，雖說宮裡沒有出旨意，可是所有人都深信，蔡京完了。門下省已經落入了李邦彥的手裡，據說現在興化軍，差役已經將蔡家圍住，隨時等著欽差過去查辦。

蔡絛已成了熱鍋的螞蟻，上一次一封奏疏過來，責問他軍餉剋扣的事，蔡絛再遲鈍，也感覺到出了什麼事，平白無故的，邊軍這時鬧出事來，又恰恰在他這個兵部尚書剛剛卸任的時候，鬧得轟轟烈烈不說，又突然有旨意來責問，如何回答，就事關到性命了。

蔡絛確實頭痛了許久，最後咬咬牙，還是上書自辯，把兵部的齷齪抖了出來。隨後，朝廷如捅了馬蜂窩似的，不管認識不認識的，都是瘋狂彈劾，非但彈劾他，連蔡京也不放過，一些門生故吏之前還有些顧忌，這時候居然也反戈一擊，加入了戰團。

邊鎮的軍餉，干係實在太大，蔡絛不是不知道，只是實在想不到會是這個樣子。他已經幾天幾夜沒有睡好覺，父親那兒沒有消息，聽人說已經大病，再聽到沈傲已啓程趕往福建路，蔡絛頓時預感到，自己完了。

這時，蔡絛已經沒有閒工夫去記恨什麼，唯一令他切齒的是那蔡攸，蔡攸這傢伙居然潛逃了。蔡攸的潛逃，不但使得蔡家的形勢雪上加霜，也引起了蔡家的恐慌。

蔡絛對這個兄長雖然仇視，卻也知道蔡攸是個極懂審時度勢的人，這時候突然逃竄，必然已經看出了什麼。

連續幾日閉門不出，蔡絛連公務也懶得署理了，他焦灼得輾轉難眠，唯一值得欣慰的是，至少汴京那邊還沒有將父親治罪，有著太師這個虛職，至少說明宮裡還有幾分舊情在。

這時已經到了四月，福州的天氣漸漸炎熱起來，蔡絛換了官服，想著不管怎麼樣也該去署理一下公務，耽擱了這麼多天，若是再被人彈劾一下實在不值。正要去衙門，門房有人急匆匆地過來，道：「老爺，老爺不好了。」

蔡絛聽到不好這兩個字，已經有些站不住了，臉色一下子變得蒼白，道：「什麼事？」

「門房來了興化軍的差役，說要請老爺到興化軍去，把事情說清楚。」

蔡絛冷笑道：「興化軍的差役也敢拿我？」

正說著，幾十個差役已經旁若無人地衝進來。

為首的是一個押司，這押司臉上看不出什麼表情，正色道：「提刑大人，請隨小人走一趟，有些話，還要請大人去說清楚。」後頭的差役已經按住了刀柄，隨時打算拿人

的樣子。

蔡絛哈哈一笑道：「你算什麼東西！」他已是氣憤到了極點，沈傲來拿人倒也罷了，便是禁衛來拿人，他也認了，可是來的卻是幾個差役，這算什麼？他拂袖要走，打算叫人把這些傢伙趕出去。

誰知這押司皮笑肉不笑地道：「大人既然不去，那小人就告辭了，不過……」冷笑一聲，又道：「大人的家小都在興化軍，大人不去說清楚，我家知軍只好動手了。」

蔡絛嗤之以鼻，冷笑道：「小小知軍，也敢放肆！」

押司正色道：「大人是官身，我家知軍自然沒有辦法治罪。可是蔡家上下，都是我家知軍治下的小民，如何懲治，是我家知軍的事。」說罷，轉身要走，只丟下一張傳引：「大人不去便罷，小人告辭。」

蔡絛臉色更無血色，陡然一想，留在這福州惶恐不安，倒不如和這個知軍周旋一下，他這個提刑使或許還能有點用處，便冷笑道：「好，本官去。來人，點齊差役，隨本官去興化軍查辦蔡家一案。」

按道理，他管的是一省的刑獄，出了大案，他這個提刑使怎麼能無動於衷？那段海要查，自家爲什麼不能查？想通了這個關節，蔡絛也只能豁出去了，唯一的希望還在汴京，只要父親還在，就還有迴旋的餘地。

泉州這裡，沈傲的八卦消息時不時地成爲坊間談資，據說這平西王，如今成了船政學堂的祭酒，於是，船政學堂在泉州人心的地位不自覺地高了幾分。

善堂也已開張了，不但偶爾施些粥米，同時也在招攬大量的人手，據說要的都是帳房，一時間許多人趨之若鶩。

讀書人去做帳房，那是萬般無奈的法子，但凡有其他的營生，寧願去教館也不肯屈尊，可是善堂的帳房就不同了，不說其他的，至少身分上不會低，再加上這善堂又是做善事的，面子上也說得過去。

沈傲在泉州等了兩天，新城的測繪圖總算交了上來，雖然簡陋，可是對一座還處在空白的土地來說卻已足夠，沈傲在地圖上劃了幾塊地，其中一塊將來用來修建王府，其餘的還有學堂的預留地，位置恰好處在正中。再將測繪圖交給知府衙門，讓他們拿著地圖商量著修改，儘量做到萬無一失，順便把街道也拓寬一些。

等沈傲把泉州的事都處置得差不多了，終於啓程前往興化軍，一千多個校尉浩浩蕩蕩地開路，足足花了一天，才到了仙遊縣。

仙遊如今已成了最緊張的地方，莫說是福建路的大小官員關注，便是遠在千里之外的袞袞諸公，也是目不轉睛地等著消息，此時，這座小小的縣城，已經被廂軍、差役控

制，興化軍知軍段海毫不客氣地占了縣衙，那仙遊縣縣令只能做個幫閒，在旁聽用。

沈傲的到來，讓段海精神一振，之前他特地署理了不少蔡家的案子，無非是搜集一些證據，如今萬事俱備，只欠東風。他將沈傲迎入縣衙，把人全部支開，在後堂裡一邊喝茶，一邊談話。

段海的年齡並不算大，才四十冒頭，早年蹉跎，再加上只是個賜同進士出身，所以在官場上並不如意，後來被沈傲點了個知軍，他立即明白自家的前程已經完全寄託在這平西王身上，因此事無巨細，興化軍的大小動靜，都立即呈報給沈傲，這一次沈傲要對蔡家動手，他幾乎是拼了老命，冒著得罪太師的危險，徹底地站到了沈傲這邊。

沈傲慢吞吞地喝了口茶，既然人家要做他的黨羽，沈傲也不客套，完全一副對待自己人的口吻，開門見山地道：「蔡家上下都控制住了嗎？」

段海小心翼翼地道：「王爺，一個都沒有放出去，現在差役已經圍住了宅子，不過王爺沒過來，還不敢衝進去。」

沈傲呵呵一笑道：「辦得好，傳本王的令，叫人順便去福州，把那蔡條一起拿來，本王正好送他們一家子上路。」

這一句上路，段海已經明白，王爺這是要下狠手了，道：「蔡條已經叫人去請了，今天應該能到。」接著，他抽出一疊案宗，放在沈傲身邊的桌几上：「這是蔡家人的罪證，都是證據確鑿。」

沈傲拿起案宗，隨手翻閱了一下，微微笑道：「難爲你了，既然確有其事，那就好辦了。」

段海笑道：「下官哪裡敢居功。」

沈傲仔細看了案宗，才繼續道：「女眷全部放出去吧，准許她們每人帶五百貫錢出去。」

段海愕然了一下，道：「王爺，這些罪證，再加上一條欺君罔上，那是闔家都要治罪的，把女眷放出去，是不是不合規矩？」

沈傲雖是奉行斬草除根，可是這時代的女人只是附庸，殺不殺干係都不大，因而笑道：「這些女眷裡，有多少是被他們搶去的苦主？就比如那蔡州搶去的一個民女，給他做了通房丫頭，總不能連苦主也一併治罪，把人放了吧。」

段海只好道：「下官這就吩咐下去。王爺還有什麼要交代的？」

沈傲伸了個懶腰，道：「提刑大人還沒來，咱們先等等他，省得到時候他說咱們沒規矩。做人嘛，要厚道些，要顧忌一下同僚的感受嘛，本王乏了，先去歇息一下，人到了後立即通報。」

段海訕訕一笑，道：「那下官這就去辦事了。」

天邊一團烏雲壓過來，眼看就有狂風驟雨。蔡絛黑著眼圈，在一隊提刑衙門差役的跟隨下，進了仙遊縣衙門。

仙遊縣算不得大縣，境內又多山，一向左右不靠，而縣裡的良田都是蔡家的，每年的賦稅，蔡家只是意思意思，誰也不敢說什麼，於是這十幾年來，蔡家雖富，整個縣卻是窮得不能再窮。

來這裡做縣令，真真是慘到了極點，別家的縣令是一縣之主，就算是府治、路治，至少人家那也是上等縣，還有升遷的途徑。偏偏在這裡，窮鄉僻壤不說，一輩子也別想弄出什麼政績來。上頭還騎著幾十口蔡家的老爺少爺。

這些人都是登天的人物，當然不敢得罪，莫說是他們，就是蔡家隨便出來的一個門房主事，在這縣令眼裡也是不敢得罪的。

不過今日，仙遊縣縣令坐在衙堂下的小凳子上，總算揚眉吐氣了一回，姓蔡的騎在頭上這麼久，早就看不過眼了，這時會審這些人，他雖只是旁聽，畢竟也是坐著的，爽啊！

蔡絛帶著人進來時，仙遊縣縣令還在考慮要不要站起來行個禮，畢竟蔡絛還是提刑使，只要朝廷還沒有褫奪這個官職，終究還是他的上官。

正在他左右為難之際，興化軍知軍段海也帶著差役進來，這縣令再不考慮了，縣官不如現管，巴結這位頂頭上司才是正理，立即給段海行禮道：

「下官見過知軍大人。」

段海只是含笑和他點了點頭，和蔡絛對視一眼，眼中閃過一絲冷笑，接著各自坐到縣衙兩邊的位置上。

這不大的衙堂裡，已經擠滿了福州、興化、仙遊的差役，一時有些亂哄哄的。段海皺了皺眉，道：「這是欽案，無關人等，全部出去。」

蔡絛靠著椅子，卻是道：「正是欽案，才要有人見證，以正視聽。」他儘量雲淡風輕地說了一句，隨即端起茶去喝。

坐在下頭的縣令乾笑道：「不如叫一部分人出去？」他本是和稀泥，一聽兩個人火氣大，想來個折中的法子。誰知低頭的兩個大人都是看向他，眼中帶著殺氣騰騰的氣焰，他立即不敢再說了。

正在這時，外頭一聲咳嗽，有人朗聲道：「平西王到。」段海和那仙遊縣令立即站起來，蔡絛猶豫了一下，只當什麼都沒有聽見，繼續低頭喝茶。

隨後，沈傲按著尙方寶劍進來，段海和縣令紛紛行禮，沈傲只朝他們頷首一下，隨即目光落在蔡絛身上，不由地皺了皺眉，又看到裡頭亂糟糟的，不由怒道：「無關人

等，全部滾出去！」

方才段海和蔡條在較勁，差役們也不知該聽誰的，想走又不敢，留在這兒，心裡也不安，看到這個穿著蟒袍的青年進來，再一聽平西王三個字，早就嚇得臉都白了，天下人不識蔡京的有，不識平西王的，可是一個都沒有。

這些人也夠爽快，不管是誰，二話不說，立即一哄而散，跑了個乾淨，整個衙堂頃刻之間就清靜了。此時，韓世忠領著兩隊校尉進來，各自按刀，恰好取代了差役的職責。

沈傲大剌剌地坐在正堂的首位上，瞥了蔡條一眼，冷笑一聲，也不說什麼，只是朝段海使了個眼色：「帶人犯。」

有個躲在耳房的押司聽了沈傲的話，立即拿著一份案宗過來，小心翼翼地放在公案上，低聲對沈傲道：「王爺，小人……」

「滾！」沈傲昨夜跟段海以及那縣令的母親打葉子牌，一下子輸了四千多貫，雖說人家要奉還，可沈傲也不好意思要，搞得半夜三更才睡，一大清早又爬起來，心情很不好，

那押司本想說協助王爺辦案的，畢竟官人審案，大多都是兩眼一摸黑，沒個專職的押司在一旁照應，只怕連人犯的姓名都會叫錯。這時沈傲一個滾字，他二話不說，飛快

地逃回耳房去。

沈傲看了看案宗，隨即對耳房負責記錄的書辦道：「開始記錄。把人犯帶上來。」

「帶人犯！」韓世忠嘶啞地大吼一聲。

過不多時，便有個一身綢衣的公子跨檻進來，目光率先落在蔡絛身上，忍不住驚喜地道：「二叔。」

這人生得還算倜儻，就是身子有些瘦弱，顯然也是個被酒色掏空了的人。

這傢伙一開始還有點忐忑不安，見了蔡絛，立即心神大定，目光最後才落在沈傲身上，冷冷一笑，正色道：「我是有功名的人，爲何不賜坐？」

沈傲低著頭去喝茶，壓根不理會他。

蔡絛便道：「敢問堂下有什麼功名？」

「監生。」

蔡絛冷冷地看向沈傲：「王爺，既是有功名，給他賜坐如何？」

沈傲將茶盞放下，猛地一拍桌案，怒道：「混賬東西！」

沈傲的這一聲大喝，真真把下頭那公子哥嚇了一跳。

接著便聽沈傲對蔡絛道：「你這提刑使是怎麼辦事的，朝廷的法度難道不知道?有功名就該賜坐，就這個你還要來問本王？」

蔡絛被大罵了一通，氣得嘴唇都在哆嗦，原來還想借著這個給沈傲示威一下，誰知道沈傲不去尋人犯的麻煩，反而先來罵他，心裡一團火氣，只好拼命壓住，沉聲道：「來人，給人犯搬條凳子來。」

誰知沈傲驚堂木一拍，又是大罵：「姓蔡的混賬東西！」

這衙堂裡有兩個姓蔡的，兩個都罵了，只是不知究竟罵的是誰。

沈傲繼續罵道：「這裡是本王主審還是你這個提刑使主審？賜不賜坐，也是你說得算？」他冷笑連連，繼續道：「你這麼想審，那麼不如請你來審如何？」

官大一級壓死人，反正嘴長在沈傲身上，怎麼罵都行，蔡絛火冒三丈，卻是一點辦法都沒有，冷哼一聲，便不做聲了。

沈傲的心情這才好了幾分。

沈傲精神一震，和氣地對下頭的公子哥道：「你既然有功名，又是監生，算起來，和本王還有幾分淵源，來，給他搬張凳子來。」

同樣是搬凳子，沈傲說得，蔡絛就說不得，下頭的校尉都繃著臉想笑，卻又不敢，還好他們的忍耐力十足，才不至於鬧出什麼笑話。

有個校尉搬來了凳子，公子哥求救似地看了蔡絛一眼，方才蔡絛被罵得狗血淋頭，他也親眼得見，這時候也不敢有什麼造次了，小心翼翼地坐下。

沈傲慢悠悠地道：「堂下何人？」

公子哥好歹也見過些世面，不至於慌張無措，正色道：「興化監生蔡明。」

沈傲立即去翻卷宗，這時候，他倒是念叨起那押司的好來，早知不該叫他滾下去了，這一大疊卷宗，要找出蔡明兩個字也不容易，足足用了一刻鐘，終於翻到了這蔡明的宗卷。冷笑一聲道：

「宣和五年，你聚集了一群宵小，在福州城橫行無法，當街與人毆鬥，打傷四人，這沒錯吧？」

蔡明又看向蔡絛，蔡絛咳嗽一聲，道：「王爺，此案福州府已經有了公論……」

「混賬！」沈傲大喝道：「蔡絛，你太無法無天了，本王一忍再忍，你可知道，本王審的是欽犯，是奉旨行事，你算個什麼東西？這裡也有你說話的份？」

蔡絛這時也是一肚子火氣，新仇舊恨湧上來，道：「這是舊案，也已經有了判決，下官只是提醒一下，又有什麼錯？」

沈傲冷笑一聲道：「本王讓你提醒，你才能提醒；本王不讓你提醒，你就給本王閉嘴。」

蔡絛無詞，冷哼一聲，便不再說話。

沈傲繼續問：「蔡明，本王在問你的話。」

蔡明喉頭湧動了一下，道：「學生只是被一群潑皮脅迫，是以錯手打傷了四個人。」

沈傲笑意更冷，道：「被人脅迫，還錯手用刀割了一個人的耳朵，錯手踢了一人一炷香的時間，害得人家回家之後重傷不治，半月之後身亡。來，來，來，這句話可是他說的，本王不得已，只能還原一下行凶的現場了。韓世忠！」

韓世忠站出來：「卑下在。」

沈傲慢悠悠地道：「你錯手先打他一炷香，讓本王看看這錯手能不能把人打死。」

韓世忠什麼也不說，捲起袖子，卻免不得有點擔心：「王爺，失手了怎麼辦？」

沈傲呵呵笑道：「失手即是錯手，所以叫你多讀書才是，不管是失手錯手，先打了再說。不打夠一炷香，本王怎知事實真相。」說著，眼睛朝蔡絛眨了一眨，一副很期待的樣子。

韓世忠接了沈傲的授意，立即掄起一個巴掌，朝坐在凳上的蔡明搧過去。

蔡明躲避不及，也料不到居然會被動刑，一時呆住，火辣辣的一巴掌甩得他腮幫子都沒了知覺，啊呀一聲，便大叫：「二叔，二叔……」

沈傲無動於衷，朝右邊坐著的段海道：「本王和你賭五千貫，一炷香時間，這蔡明打不死。」

段海苦笑，昨夜硬被沈傲磨著要去玩什麼葉子牌，這葉子牌他也不懂，誰知雖是半桶水，偏偏手氣卻出奇的好，竟是贏了不少錢，這平西王一向斤斤計較，八成是惦記上他了。

段海只好低聲道：「王爺，這是公堂。」

沈傲理直氣壯地道：「現在是還原犯罪現場時間，所以本王只當這裡是街市。段大人，你想想看，現在這裡已經是人流交織，恰好前面有人毆鬥，本王乍眼一看，不得了，居然還有不怕死的潑皮欺負蔡家的少爺，真是豈有此理，這群沒王法的東西，你看，現在潑皮正在打蔡……啊不，是蔡少爺打潑皮了，段大人，你我身為路人，又是忘年之交，難道就不該賭一賭？小賭怡情嘛。」

段海被沈傲這番歪理說得一愣一愣的，心裡想：這筆錢不吐出來是不成了，昨夜他只贏了三千多貫，今日卻還要把自己的身家也一併搭進去，咬了咬牙道：「下官……啊不，小人賭了。」這時候既是還原現場，他們就是看熱鬧的草民。

這時，韓世忠已經來回搧了蔡明七八個耳光，蔡明大叫，便四處逃竄，韓世忠攥著拳頭在後面追，沈傲見了，大叫：「卡！」

韓世忠回頭，道：「王爺，哪裡不對？」

沈傲陰惻惻地道：「卷宗上說，那個被打的潑皮該是被人按在地上打，哪有這樣一

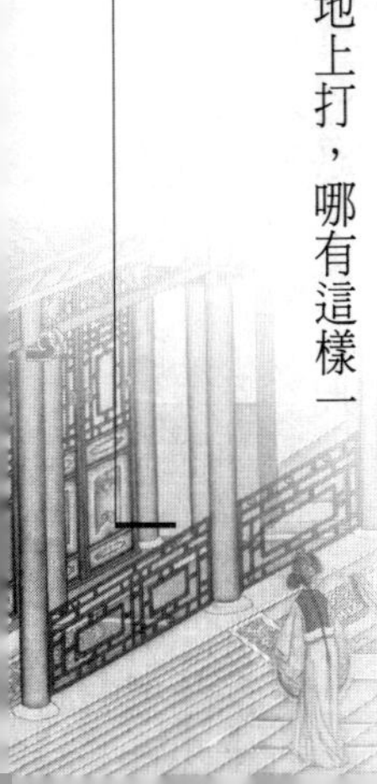

個打一個逃的？還有，蔡公子還狠狠地踢了潑皮的褲襠一下，爲了儘量還原事實，令本王能夠得知事情原貌，來，大家一起動手，把這姓蔡的按在地上打，方才的不算。來，換一炷香，重新開始。」

蔡明媽呀一聲，已是癱在地上，眼睛直勾勾地乞求蔡條，嘶聲裂肺地道：「二叔……」

蔡條方才還忍著，這時候忍不住了，怒氣沖沖地道：「王爺，哪有這樣斷案的？這衙堂是有王法的地方，豈容人恣意胡爲？再者蔡明身上有功名，豈能動刑？」

沈傲看向蔡條，彷彿才記得蔡條的存在一樣，一頭霧水的樣子道：「蔡大人這話本王就不懂了，這是動刑嗎？誰敢說這是動刑？仙遊縣縣令，你來說，這是不是動刑？」

這仙遊縣縣令被點了名，嚇了一跳，立即道：「這是還原現場。王爺英明，下官斷了這麼多案子，也算是刑獄方面的老手，可是這還原現場卻是第一次聽說，這法子……似乎……」

他偷偷看了蔡條一眼，這時候再不明白自己該站到哪一邊，他就是豬了，接著連忙道：「似乎很有效，將來下官一定要大力推介。」

沈傲心裡想，做人要厚道，推介就免了。可是這句話現在不能說，含笑著又問段海道：「段大人以爲呢？」

段海正色道：「陛下欽命審問，要給大家一個公論，還原一下也是爲了不使良民蒙冤，不令刁民枉法。」

段海還算是老油條，公堂裡說的話都要記錄的，到時候還要送入宮裡去，趙佶肯定要看。沈傲是老油條中的老油條，趙佶肯定不會說什麼，可是他不成，所以這番話雖是大義凜然，卻是等於什麼都沒說。

沈傲呵呵一笑道：「那就繼續打……不，不對，是繼續還原。」

蔡絛大怒，道：「且慢，下官還有話要說。」

沈傲臉色一冷，赤裸裸地看向蔡絛，道：「蔡大人的話未免也太多了些，怎麼？蔡大人要做這主審？」他站起來，做了個請的手勢：「大家都是朝廷命官，蔡大人要審也沒什麼不可以，就請蔡大人審吧。」

蔡絛當然不敢審，立即道：「下官不是這個意思。」

沈傲狠狠拍案道：「不是這個意思，那還說什麼？本王再說一遍，閉嘴，否則叫你做那潑皮！」

這時候，七八個校尉已經將蔡明死死按住，韓世忠抬起腿，瞄向了蔡明的褲襠，蔡明啊的大叫一聲，心知蔡絛保不住他，這時候什麼勇氣也沒了，大叫道：「我……我招，學生招供！」

韓世忠收了腿，朝沈傲遞了個眼色，沈傲淡淡一笑道：「先看他說什麼，來人，把這位監生少爺扶起來。」

蔡明驚魂未定，吁了口氣，這時候雖是臉上被人打成了豬頭，倒還不至於神志不清，生怕沈傲還要叫人打他，忙連珠炮似地道：「學生那一日去福州，恰好當地的陳公子做東，於是便帶著家人去和那陳公子喝酒。」

沈傲見機道：「陳公子是誰？」

蔡明苦著臉道：「福建路轉運使陳讓的次子。」

沈傲淡淡一笑道：「記下來，老子兒子都記下。」接著朝蔡明呶了呶嘴道：「你繼續說。」

只聽這時蔡絛卻是拼命咳嗽，他比誰都清楚，蔡明不說還好，若是招供了，不但要牽連別人，這罪名也就坐實了，是以故意用咳嗽去提醒蔡明。

沈傲眼睛朝蔡絛這邊看過來，關心地道：「蔡大人是不是有病?有病直說，本王叫人給你煎一副藥來吃。」

蔡絛咳嗽被打斷，也不好再咳了，只好冷哼一聲，不去理會沈傲。

蔡明畏畏縮縮地看了蔡絛一眼，滾動了下喉結，終於還是恐懼戰勝了理智，繼續道：「後來，學生和陳公子都有了些醉意，而後，恰好與人發生了爭執，再後來，便叫了家人打了他們一頓，學生當時酒喝多了，確實提刀割了一個人，另一個也踢了不少時候。」

沈傲冷著臉道：「可是爲什麼福州府的判決卻說是那些人先向你們滋事，是你們的家奴錯手把人打成了重傷的？」

蔡明垂著頭，不敢說話。

沈傲繼續冷笑道：「還有，回到家重傷不治，死了，人命關天，你身爲主凶卻逍遙法外，看來你們姓蔡的徒子徒孫還真是不少，對不對？」

蔡明期期艾艾地道：「王爺饒命。」

沈傲瞇著眼，冷笑一聲道：「來人，下本王的條子，立即將那個什麼陳公子捉拿歸案，此外，叫人去把那福州知府給本王叫來，不說清楚，叫他洗乾淨屁股準備滾蛋。」

他深望了蔡明一眼，道：「本王能饒你，國法卻不容你，你慫恿人當街械鬥，又有了人命在身，還想活嗎？」

聽罷，蔡明一下子癱了下去。

第八十一章 王妃有喜

趙佶被他這一聲吼嚇了一跳，

立即打起精神坐起來，這時楊戩小跑著進來，

粗重地喘氣道：「陛下……有……有……」

「有什麼？」趙佶眉宇皺得更深。

楊戩緩了口氣才道：「平西王王妃有喜了。」

沈傲冷淡地道：「蔡明斬立決，把下一個拉過來。」

這一句斬立決，幾乎已經沒有了任何的餘地，若說是秋後問斬，或許還有一線生機，畢竟每年秋後問斬的人多了，可是沒有皇帝的朱筆親批，往往會挪到下一年再行刑；若是皇帝一直不批，說不定還能壽終正寢也不一定。可是斬立決就相當於完全沒了活路。

這時連蔡條也忍不住站起來，一個蔡明不算什麼，可是按沈傲這種一路斬立決下去，蔡家上下非被斬盡殺絕不可，他這一趟來，便是不能讓沈傲開這個口子。

「平西王，那人是抬回家之後才重傷不治，並沒有死，誰知他是不是患了什麼病死的，憑什麼說是蔡明殺了那潑皮？」

段海接口道：「蔡大人，下官已叫人問明了當時查驗屍體的仵作，那仵作證實死者是重傷不治，只不過害怕報復才改了口，口供在下官這裡，蔡大人要不要看看？」

蔡條冷笑，深知沈傲和段海已經做足了準備，便朝蔡明道：「蔡明，你是讀書人，按律，讀書人死罪，該由宮中決斷，所以你不必怕，沒人敢動你分毫！」

蔡明本是萬念俱灰，這時聽到蔡條挺身出來給他打氣，立時警醒了，高聲大呼道：「冤枉，冤枉，人不是學生殺的，學生是讀書人，誰能判學生斬立決？」

蔡條慢悠悠地坐回椅上，冷冷一笑，繼續去喝茶。

段海也有些尷尬，這個律令他倒是想起來了，不過讀書人犯死罪的還真是不多，判斬立決的，更是一百年來一隻手都能數過來，碰到讀書人的，那更是一個都沒有，所以這條律令只是一紙空，想不到這時候卻成了蔡家的擋箭牌。

處斬的事絕不能拖，一拖，就可能會有變數，蔡京當政了這麼多年，皇上雖是龍顏大怒，可是誰知時間久了會不會念及舊情？若是這個時候不動手，說不準自家在這裡忙活了一個多月，豈不是空忙一場？

沈傲走下公案，道：「蔡大人不說，本王還忘了，我大宋的祖制裡確實有一條，讀書人處斬需請示宮中，不過……」他冷冷一笑，抽出腰間的尙方寶劍，那蔡明嚇了一跳，立即向後退。

蔡絛再坐不住了，站起來大喝：「沈傲，你瘋了。」

沈傲長劍一指，指住蔡明的胸口，冷冷道：「蔡大人瘋了本王也不會瘋，這柄尙方寶劍是宮中御賜，上斬五品似蔡大人這樣的狗官，下誅的就是這種狗賊，你是讀書人是不是？連五品的大員本王都可以斬，你這沒有官階的草民，本王殺多少都不礙事……」

沈傲猛地前衝過去，狠狠地將長劍扎入蔡明的胸口，長劍透胸而過，滴答的血跡染紅了蔡明的前襟。

這個變故，誰也沒有想到，蔡絛啊的一聲，頹然坐在椅上。至於那蔡明，難以置信

地看了沈傲一眼，氣若游絲地說了一句：「我只是殺了一個刁民而已……」便已經死透了。

沈傲抽回劍來，蔡明的胸口噴出血灑在他的蟒袍上，他拿著劍，整個人猶如殺神，狠狠地瞪了蔡明一眼，隨即用手指了指高堂上的明鏡高懸四字，道：

「這一劍，是給那枉死的人報仇，也是替天行道，你敢殺人，本王就敢殺你。」

沈傲渾身血淋淋地提劍往座位上走過去，將長劍狠狠拍在公案上，用袖子擦了擦臉上的血點，正色道：「今日，本王就是要還死者一個公道，帶下一個欽犯過來。」

他冷冷地瞥了蔡絛一眼，道：「蔡大人，你貪贓枉法的事還沒有說清楚，本王懷疑你涉嫌藏匿欽犯，你還有臉坐在這裡？來人，剝了他的官服，取了他的帽翅，帶下去。」

蔡絛已經驚呆了，腦子嗡嗡作響，校尉們不管三七二十一，已是將他從座位上拉下來，衕堂之上，一時肅然。

從副審到階下囚，只是沈傲的一句話，蔡絛喉結滾動，整個人都懵了，若換做是從前，他一定會爭辯，畢竟他是提刑使，是一路的三巨頭之一，沈傲便是親王，雖是奉旨行事，可旨意只是說對他查辦，沒有確鑿證據，他蔡絛不怕。

可是看到蔡明的屍首，一灘血跡泊泊化開，鼻尖聞到那令人作嘔的血腥，再看沈傲那漠然冷冽的臉色，蔡條竟是什麼都沒有說，直接讓人拉了下去。

至於外頭探頭探腦的福州府差役，也是什麼話都不敢說，眼睜睜地看著自家的主官被人帶走。

沈傲大大方方地坐在公案之後，血跡還沒有乾涸，說起來，這是沈傲第一次面對面地殺人，方才那長劍送過去入肉的聲音現在還在耳畔迴響，不過這時候的沈傲卻渾然不覺。

大多數時候，他都是個賭徒，是個名利薰心的奸邪，是個十足的混蛋，他攤開手可以臉色如常地向人索賄，口花花地說出無數勾引良家婦女的言辭，說謊騙人更是家常便飯。論起來，沈傲真的不是什麼好東西，可是這時候，他自己深信，自己是真摯而正義的，這時候的他是個好人，是個君子。

何謂正義，除暴安良，替天行道而已。雖然這個舉動夾雜著私利，夾雜著權鬥，夾雜著陰暗，可是沈傲現在所散發出來的，確實是令隨波逐流的袞袞諸公不敢逼視的正氣。

下一個人犯已經押了上來，這一次上來的，竟是蔡條的同輩——蔡州。

這蔡州開始還是定心進來，畢竟年歲不小，從前也做過官，不至於被一次傳審就嚇

住，可是看到地上的血跡和倒在血泊中的蔡明，他渾身打了個冷戰，養尊處優了一輩子的人，見到自家的侄兒這樣的慘狀，一下子就癱在了地上。

沈傲尋了他的宗卷，面無表情地問：「蔡州是不是？你曾任戶部主簿的時候，有一筆賬不翼而飛，隨後府庫裡起了一場大火，恰好把一疊賬簿燒了。這些，是你自己交代，還是本王來給你拿證物出來。」

蔡州呶呶嘴，可是話卻說不出口。

沈傲冷笑道：「不從實招供，那蔡明就是你的下場，你自己思量清楚，本王既然能翻出這舊案來，就不怕你不招。」

蔡州的勇氣立時化爲烏有，和他的父親蔡京和兄長蔡攸相比，他至多算是比較聰明的豬罷了，被沈傲一嚇，立即供認不諱：「火是我叫人放的。」

沈傲繼續翻開一頁卷宗，道：「還有一樁，在泉州，你是不是看上了一個少婦，唆使人把她搶了？現在那婦人的夫家還在狀告，強搶民女，這樁罪你認不認？」

蔡州喉結滾動，被身後的校尉輕輕踢了一腳，立即大叫：「認，認……」

這時，沈傲突然問：「藏匿欽犯蔡健，這一條你認不認？」

蔡州反射動作地道：「認，認……啊，不……」他猛地抬頭，眼眸中閃過一絲駭然，道：「這事和小人一點關係都沒有。」

沈傲突然露出一絲會心的笑容，慢吞吞地道：「你的意思是，和別人有關係？」

蔡州一時失口，頹然道：「小人不知道，只知道蔡健被人請去了泉州，便再沒了消息。」

「是誰請他去泉州的？」

蔡州咬了咬牙道：「童虎！」

「童虎是誰？」

「童貫童公公的侄兒。」

這似乎是一個死結，七彎八繞，總是要繞到童貫身上去，沈傲呵呵一笑，臉上的煞氣轉瞬不見，一字一句地問：「這麼說，是童公公藏匿了欽犯？你的意思是，叫本王立即將童公公拿來對質？」

蔡州突然也發現了這個關鍵，沈傲不好惹，童貫也不好惹，現在蔡家眼看就要完了，這時候自己攀咬到童貫身上，會有什麼好果子吃？上次也是因爲這個，邊軍突然嘩變，接著便揭出了二哥蔡絛的「弊案」，蔡絛好歹也是個提刑使，現在自己無官無職，不是任人宰割嗎？

蔡州又咬了咬牙，道：「小人說錯了。」

在座的所有人都搖頭，蔡京那樣翻雲覆雨的人物，想不到生出來的竟都是這種貨

色。

沈傲拍起驚堂木，怒道：「大膽，公堂之上豈容你胡說，本王再給你一次機會，這蔡健到底是誰藏匿了？」

蔡州嚇了一跳，期期艾艾地道：「不……不知道。」

沈傲瞇起眼，道：「你會不知道？看來你是不見黃河不落淚了！」

蔡州嚇得哆嗦道：「小人知道。」

沈傲道：「快說！」

他們這一問一答的功夫，耳房裡負責記錄的押司運筆如飛，到了「快說」兩個字之後，蔡州沉默，那押司也頓住了筆。

蔡州猶豫再三，終於吐出了一個名字：「蔡攸。」

蔡州終究還是不蠢，眼下蔡家唯一一個潛逃的就是蔡攸，倒不如全部推到他頭上。

蔡州說出了這個名字，沈傲和段海都是如釋重負，既然有人招供，只要是涉及到了姓蔡的，就必定會牽扯到蔡京，而欺君之罪，已足夠株連了。沈傲雖然布下了請君入甕的棋局，可是姓蔡的若抵死不認，那麼案子隨時有可能會反覆，現在蔡州把罪名推到了蔡攸身上，蔡攸已經潛逃，欺君便是坐實了。

沈傲呵呵一笑，栽贓陷害是蔡京的拿手絕活，沈傲這個後生晚輩也一點不比那老狐狸差，心情大好之下，直接判了蔡州一個秋後問斬，沈傲相信，這欺君之罪報上去，蔡家之人幾罪並罰，死罪已經難免。

有了蔡明的榜樣，案子斷起來輕鬆了許多，一個個蔡家人帶上來，卷宗上的罪名也一條條落實，沈傲一併審下來，速度極快，一直到了子夜時分，他深深吸了口氣，目光一凜，才道：「帶蔡絛。」

被剝了官服、帽翅的蔡絛面如死灰地被帶上來，他恨恨地看了沈傲一眼，什麼也沒說。

沈傲咳嗽一聲，顯得已經有些疲倦，慢吞吞地道：「來人，給犯官蔡絛賜坐。」

有人搬來個椅子，蔡絛呆滯地坐下。

沈傲淡淡一笑道：「蔡大人，本王問你，藏匿欽犯，你有沒有參與？再問你，剋扣軍餉，你是否承認？」

藏匿欽犯這一條還有否認的餘地，剋扣軍餉這一條是斷不能否認的。蔡絛冷笑，朗聲道：「藏匿欽犯，下官什麼都不知道。至於剋扣軍餉……」

蔡絛冷冷一笑，這些時候發生的事，實在讓他太過寒心，那些門人走狗，頃刻之間竟是作鳥獸散，對他蔡家不聞不問，眼下這模樣，既然不能全身而退，那就索性魚死網破。

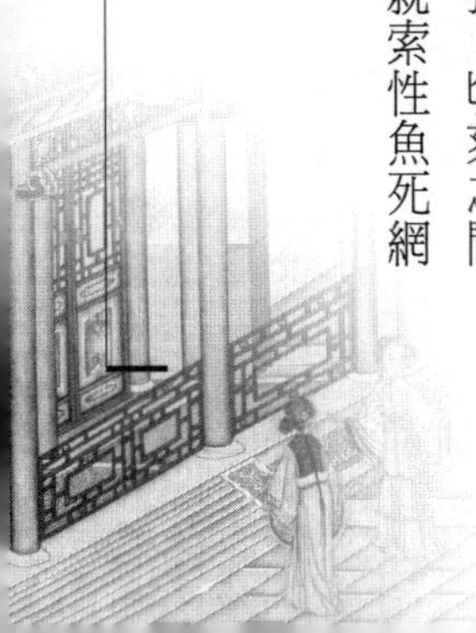

他激動地站起來道：「兵部剋扣軍餉，由來已久，這事不但涉及到兵部，三省、三卿、邊鎮，便是宗室……」

耳房裡，那負責記錄的押司一邊飛快地記錄，一邊忍不住抹了把冷汗，他一個小小仙遊縣押司，聽到一個個大人物，真正是又驚又怕，這是欽犯，欽犯的供詞都要入呈宮中，自己所寫的供詞到底會掀起怎樣的狂風驟雨，卻是難以猜測。

沈傲瞇著眼，並不去打斷蔡絛的話，只是與段海相視一笑，默契地等著蔡絛把所有要說的話抖落出來。

蔡家再如何強勢，可是有兩樣不能碰，一樣是宮裡，宮裡已經惹怒了不說；另一樣就是眾怒，蔡京能有今日，靠的是黨羽和門生故吏，這些人爲他們抬轎造勢，爲他們打擊政敵，蔡京一個心意，便可以操控數百份奏疏，可是現在……

沈傲倚在椅上，那一點倦意也消失不見，只是含笑地看著蔡絛。

蔡京的弱點果然就在這裡，沈傲心裡想，有一句話說得好：「不怕神一樣的對手，就怕豬一樣的隊友。」

蔡絛說到激動處，整個人渾身都顫抖起來，厲聲道：「回去告訴陛下，陛下要治微臣貪瀆之罪，微臣無言以對，不敢推諉。可是陛下若只治微臣一人，微臣不服。」

「說完了？」沈傲看著蔡絛。

蔡絛正色道：「說完了。」

「簽字畫押。」沈傲低頭去喝茶。

耳房的押司顫抖的拿著記錄的宗卷，躡手躡腳的走到蔡絛身邊，遞給他一枝筆。

蔡絛簽上自己的名字，接著供卷被送到沈傲的公案上，沈傲只略略一看，隨即笑道：「來人，將犯官蔡絛先行關押起來，這是欽犯，出了紕漏是什麼後果，本王就不說了。」

打了個哈欠，才又道：「好了，今日就審到這裡，藏匿欽犯的事，還要再過一次堂，段大人，明日你來主審，本王估摸著這幾天就要回京了，不要耽誤。」

段海心裡已經明白，大局已定，其他要審的都是細枝末節，無非是再添幾件口供作爲補充而已，便正色道：「下官明白。」

三天時間，七十多口欽犯的口供已經完全落到沈傲手裡。

撫摸著這一疊口供，沈傲明白，這些供詞送入宮中去，肯定又是一場波瀾，事不宜遲，沈傲知道自己再不能耽擱了。當即從興化軍的軍港出海，回程而去。

這一趟來福建路，大概是沈傲最輕鬆的一次旅行，雖說尙方寶劍沾了血，卻沒有打攪他的興致。

只用了七八天的功夫就到了蘇杭，接著是沿著運河繼續坐船北上，沈傲不知道，整個汴京，此刻已是陷入一陣恐慌。

誰都知道，平西王欽命去了福建路，可是從福建路查出什麼來，才是所有人膽戰心驚的事。不管是涉及到了兵餉，還是蔡家的門生故吏，更有一些與蔡家關係匪淺的官員，這時都成了熱鍋上的螞蟻。

若是換了別人，倒也沒什麼，這個馬蜂窩，但凡聰明一點的人都不敢去捅，可是平西王不同，這傢伙有個外號叫沈愣子，就是什麼事都敢做。

倒是門下省，李邦彥放出話來，隱隱約約的意思是叫大家不必擔心，天大的干係，他儘量擔著。這個李浪子立即得到不少人的好感。

此時許多人走投無路，再加上李邦彥如日中天，那李家門前竟是車水馬龍，一份份拜帖送上去，不要臉的，更直接在名刺下署了個門下走狗。

若說蔡京的門下倒也沒什麼，畢竟蔡京掌國幾十年，他提拔出來的官員不計其數，可是這李邦彥，甚至比有的人資格還低一些，這般阿諛就有點說不過去了。

李邦彥對每個人都如沐春風，好言撫慰，汴京的官場總算安定下來。

聽說蔡京病重，蔡府卻是門可羅雀，李邦彥反而去探視了一下。因李邦彥打了頭，一些蔡京的門生才肯去，不過都不多留，放了禮物就走。

宮裡倒是沒什麼消息，只是這時已經臨近五月，西夏那邊，公主已經懷胎六月，再四個月就要臨盆，這件事干係很大，龍興府在等，趙佶似乎也在等，若真是男孩，按照約定，對趙佶也是天大的喜事。

趙佶心情爽朗了幾分，顯然是李邦彥在門下省做事得力，讓他從蔡京的陰影中走出來，原來沒了蔡京，一樣有人可以取代。他特意叫了楊戩來，對楊戩道：「安寧這幾日爲何沒有入宮？」

趙佶對安寧頗爲寵愛，雖是出嫁，可是安寧每隔三五日總要入宮，有時候去太后那兒，若是趙佶有閒，也會去坐一坐。這時想起安寧，不由問了起來。

楊戩倒是聽到一些風聲，道安寧公主似是身體不適，今早沈府的人還請了個太醫去。

趙佶不由皺眉：「爲何不早些和朕說？」

楊戩道：「陛下，奴才本來要說的，可是那來人說只是小病，隨便看看就走了，怕驚擾了聖聽。」

趙佶不由苦笑：「你代朕去看看，那沈傲三天兩日不在家，留下一個妻子在家病了也沒人關照，朕下次罵他幾句。」

楊戩心裡說，沈傲每次出遠門，奉的可都是欽命。不過，這話他卻不敢說出來，不

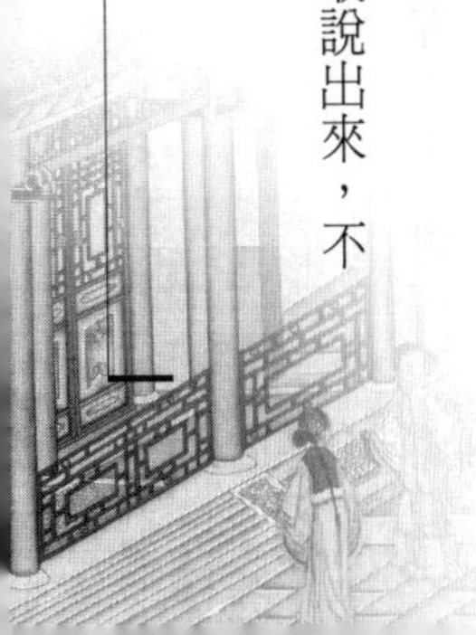

管皇上說什麼，反正都是對的，於是連忙奉命去了。

趙佶在文景閣裡有些不安，也就沒有興致去看奏章，一個人躺在軟榻上閒坐了一會兒，一個時辰轉眼過去，便聽到楊戩的腳步急促促地過來，高聲道：

「陛下……」

趙佶被他這一聲吼嚇了一跳，立即打起精神坐起來，這時楊戩小跑著進來，粗重地喘氣道：「陛下……有……有……」

「有什麼？」趙佶眉宇皺得更深。

楊戩緩了口氣才道：「平西王王妃有喜了。」

趙佶咯登一下，原先以爲是沈傲的問題，否則何以這麼多妻子都沒見生出一兒半女，後來西夏公主大了肚子，他便心裡氣惱沈傲多半是辦事不利。

不過翁婿之間也不便訓斥這種事，只好憋在心裡，現在聽到這個消息，便覺得這孩子來之不易，自家這麼多子嗣，也有皇子生了皇孫的，先前趙佶還挺歡喜，可是皇孫一多，感覺也就淡了。這時卻有一種難以言喻的高興，立即喜滋滋地道：

「是男兒還是女兒？」

楊戩苦笑道：「陛下，離臨盆還早著呢。」

趙佶這才醒悟，呵呵一笑道：「傳旨，明日朕要出宮，去平西王府，立即叫個人到太后、淑妃那邊傳個信，叫她們也歡喜歡喜。」

平白多了個外孫，又是安寧和沈傲的孩子，對趙佶的意義自然不同，他來回踱了一下步，道：「知會禮部，上一道賀表吧。」

上賀表，唯有宮中才有這個資格，一個帝姬有了孩子也要上賀表，這就有點過分了，連楊戩都覺得有些不符規矩，不由道：「陛下……這只怕不妥吧。」

趙佶挑了挑眉，不以爲意地道：「朕說妥當就妥當。」他眼眸中閃過一絲光澤，似乎另有用意，見楊戩一頭霧水的樣子，道：「你坐下來，朕和你說。」

楊戩見趙佶興致勃勃的，也就不再說什麼，笑嘻嘻地坐下，不忘道：「恭喜陛下。」

趙佶擺擺手，「先別急著道賀，朕還有一樁事沒有放下。」整個人又顯得精明冷靜起來，不肯吃虧地道：「朕問你，若是這兩個孩子都是男孩，沈傲是不是有了兩個王子？」

楊戩頷首道：「陛下說得沒錯，一個是西夏國的王孫，一個是我大宋的皇孫。」

趙佶顯得頗有些不悅地道：「不好。」

楊戩心裡咯登一下，方才陛下還是喜氣洋洋的，怎麼現在又說不好了，立即道：「陛下，這是喜事，是再好不過的事。」

趙佶板著臉道：「朕說的不是這個，朕說的是，兩個王子，必定要有個世子。」

楊戩一下子醒悟過來，道：「陛下的意思是，那西夏國的……，咳咳……王子是長子，將來又是西夏國的儲君，這世子……」

「沒錯。」趙佶眸光變得冷厲起來：「西夏王的外孫做了世子，朕這天子嫡親的外孫將來卻只是個庶子，不但天家的顏面無存，安寧那邊，朕也沒法交代。」

楊戩恍然大悟，這事可不小，宮裡最注重的，就是顏面，西夏既然已經稱藩，那麼趙佶便是宗主，哪有藩國騎在宗主國頭上的道理？再者說，安寧自幼受寵，朝廷豈能冷落了她？

換了別人，趙佶一道旨意下去也就解決了，偏偏這件事卻是棘手得很，若是強行易了世子，那邊肯定也會鬧，人家好歹是西夏儲君，又是長子，豈能落在一個次子的後頭，也沒有這個道理。

這就真正爲難了，不能令西夏那邊滋生不滿，到時若是把沈傲長子的儲君奪了，那就更得不償失，可是這名分又不能不追究。

趙佶飽有深意地道：「朕令禮部上賀表，便是這個意思，子以母貴，安寧的孩兒，先給他一個名分，到時候再來計較。朕聽說那李乾順也是個精明幹練之人，此人只怕不易對付，不過……」他不易察覺地笑了笑道：「不管怎麼說，朕不能吃這個虧。」

楊戩道：「陛下的意思是，禮部上了賀表，六部那兒自然也少不得，還有各藩國？」

趙佶哂然一笑道：「西夏國只要也上一道賀表來，便是說西夏國承認了這孩子的地位，先把身分定下來，這長子和次子才能並駕齊驅。立即下旨意，禮部先上賀表，知會門下省把消息放出去，這孩子便以皇子例，非但是六部，便是藩國也要上表。至於那西夏國的賀表……」

趙佶眼眸中閃出一絲狡黠，慢悠悠地道：「沈傲快回京了吧，他是西夏議政王，又是西夏國使，有些話，朕不好說，你去和他透個風聲，這西夏的賀表讓他來寫。」

他攥攥拳頭，彷彿沈傲就在眼前，要對他威脅利誘一樣，惡狠狠地道：「再告訴他，西夏國的賀表，朕要親自看的，若是寫得不好，或是敷衍了事，朕饒不了他。」

楊戩一臉苦澀，心裡想，自家生了兒子，還要給別人寫賀表慶賀自己有了兒子，這……，不過，他也知道趙佶的心思，這賀表將來事關著世子的角逐，不可輕視，於是便道：「是，奴才這就去辦。」

正說著，卻聽到外頭內侍高聲道：「太后駕到。」

話音剛落，太后已經快步進來，張口便道：「哀家聽人說，安寧有喜了？」

趙佶立即收了心思，乖乖地站起來道：「是，剛得的消息。」

太后喜逐顏開地道：「之前總說不見有身孕，怎麼說有就有了？擺駕吧，去平西王府看看。」

趙佶期期艾艾地道：「母后，是不是明日再去，天色想必不早了。」

太后沉著臉道：「現在去是將安寧接進宮來，外頭的人笨手笨腳，不懂得伺候，自然是進了宮才能細心照料。」

趙佶一聽，覺得也有道理：「擺駕，去把人接回宮。」接著，朝楊戩使了個眼色：「楊戩，你先去忙你的。」

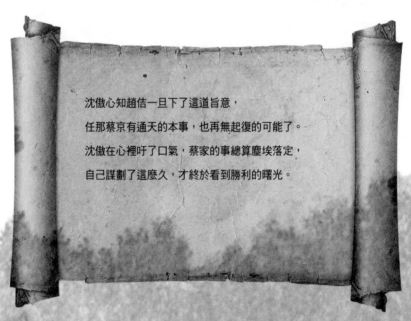

第八十二章 塵埃落定

沈傲心知趙佶一旦下了這道旨意，

任那蔡京有通天的本事，也再無起復的可能了。

沈傲在心裡吁了口氣，蔡家的事總算塵埃落定，

自己謀劃了這麼久，才終於看到勝利的曙光。

汴京城外，踏著烈日，一隊校尉打馬過去，拱衛著的正是沈傲。離開汴京不過一個月功夫，天氣已經熱得有些不像話了，郊外的田地龜裂開來，熱氣焦灼。

城門洞，城門司的差役都躲在門洞裡歇涼，街上也不見什麼人影，等到這隊人馬飛馬過來，校尉的鐵殼范陽帽和身上的殿前衣甲折射出耀眼的光芒，門洞的差役一下子亂成一團。

不用看，衙門裡早就說平西王這幾日要進京，讓大家打起精神，千萬不要衝撞，看對方的來頭，不是平西王是誰？所有人立即抖擻精神，讓出一條道路。

好在這隊人馬根本沒有興致理會他們，打馬過去，帶著呼嘯聲，一下子就在街角消失。

「聽說了嗎？平西王這一趟又殺了幾個人回來，到時候還不知道有多少人頭落地。」

這些差役都是城中的百事通，鬆了口氣之餘，便忍不住低聲議論。

「等著瞧吧，多半又要出大事了，你們看。」一個差役朝不遠處的茶樓瞄了一眼，茶樓上，恰好幾個腦袋探頭探腦的出來，卻是朝馬隊那邊看過去的。

說話的差役得意洋洋地道：「大家都在等平西王回來呢，只怕諸位大人一時半刻之後就能收到消息了。」

沈傲卻不知道這汴京許多人都巴不得他永遠不要回來，回來前，他還琢磨著會不會又有人來迎接，畢竟自己在汴京城好歹也頗受歡迎，不過這自作多情的想法若是讓有些人聽了，非要吐血不可。

沈傲先是到了大理寺，把供詞交過去，隨即擦了擦汗，在大理寺閒坐了一會兒，納納涼。

那姜敏坐在沈傲對面，隨手翻看了供狀，忍不住道：「那蔡絛當真招了？」

沈傲喝了口茶，道：「本王過去，他敢不招供？」

姜敏搖了搖頭，卻是苦笑，這供詞放上去，不知多少人要嚇死？姜敏將供詞收起來，道：「王爺當真要交上去？」

沈傲眼眸中閃過一絲狡黠，道：「為什麼不交？反正大家都叫本王沈愣子。」

姜敏嘆息道：「這是古已有之的事，歷朝歷代都是如此，交上去，涉及太大了，連宗王都牽扯上了，到時候肯定是法不責眾，不了了之的，倒是到時候大家群起攻之，於公於私，對王爺都沒有好處。」

沈傲心裡也知道，兵餉的事最大的問題不是涉及到官員，而是宗王，而宗王又涉及到了內宮，把這東西交上去，誰也不知道會造成多大的反彈，可是他卻笑嘻嘻地道：「怕什麼，到時候誰敢說本王壞話，本王尚方寶劍斬了他。不過……」

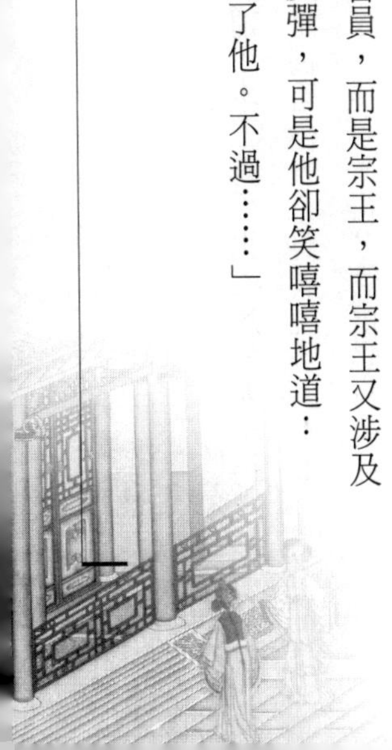

沈傲頓了一下，才是慢吞吞地道：「不過姜大人也知道，本王其實也不想和大家爲難，只是一向被人侮辱是愣子，不但名譽受損，精神上也是傷害極大，再者說了，本王的兒子就要出世了，將來自己的兒子要是被人叫做是小愣子，這還了得？簡直是豈有此理……」

他霍然而起，用手指狠狠地磕在桌案上：「簡直是欺人太甚，他們當本王心地善良，不與他們計較，是怕了他們，他們這是欺負老實人，是柿子找軟的捏。本王一退再退，不和他們魚死網破，就不姓沈了。」

姜敏心裡想，這還真是個愣子，要捏軟柿子，就是把汴京的人從宮門一直排到江南去，怎麼也輪不到你平西王啊，這個樣子，倒像是平時大家欺負了他一樣。

姜敏想了想，道：「王爺息怒，凡事還是留些餘地的好。」

沈傲這才氣呼呼地坐下，道：「其實……本王很好說話的，是他們欺人太甚，不管怎麼說，他們若是不賠禮道歉，再賠償本王的精神損失，本王非和他們拼命不可。」

圖窮匕見，姜敏知道，平西王這是叫自己去放出話，讓大家給他賠禮道歉呢，這汴京城裡叫他愣子的人還真是不少，哪個私底下不是這樣叫的？真要算上去，便是踏破了平西王王府，這「禮」也賠不完啊。

沈傲心裡卻呵呵笑著，大魚吃小魚，小魚吃蝦米，這群混賬撈了這麼多，沈傲暫時又沒有去捅這馬蜂窩的心情，乾脆把他們的油水再刮回來。

泉州那兒還有很多有意義的事需要大筆的錢財不是?尤其是南洋水師，到時炮艦改進之後，肯定少不了靡費鉅資訂購，這也算是取之於兵，用之於兵了。

姜敏道：「王爺的意思，下官明白，蔡條的供狀，下官暫時截去一些，先呈入宮中去。其他的事，王爺再斟酌著辦。」

兩隻狐狸相視一笑，都明白了對方的意思。

沈傲長身而起，便急匆匆地出了大理寺，這些供狀先讓大理寺梳理一下，自己則去宮中回覆旨意。

到了宮裡，楊戩早早守候在這裡，一見到沈傲，立即叫住他：「陛下在後宮，還說了，暫時不必覲見。」

沈傲一頭霧水，問道：「這是怎麼回事？」

楊戩呵呵笑道：「陛下說了，有件事要你辦，辦好了再去覲見。」

沈傲一時糊塗，道：「有什麼事儘管吩咐就是，這般神神秘秘的，究竟是爲什麼?」

楊戩道：「陛下要你寫一份賀表上去，恭祝陛下喜得外孫。」

沈傲眼睛一亮，道：「又生了?」

這一個又字絕不是沈傲胡說八道，爲官幾年不到，沈傲至少經歷過四個皇子和九個皇孫出生，如此高產，讓沈傲羨慕不已，就在半年前，一個皇子出生，他這個鴻臚寺寺卿還曾逼著藩國使節們寫賀表呢，每次這個時候，總是少不了許多繁文縟節。

楊戩笑嘻嘻地道：「這次是皇外孫，不是皇孫。」

「外孫？」沈傲愕然了一下，立即大義凜然道：「這不合規矩吧，祖制裡可沒有這一條，不成，身爲臣子，本王沐君恩，食君祿，豈能讓陛下壞了祖宗之法？本王一定要仗義執言，要和陛下言明利害。」心裡卻是想，一個皇外孫又不知要折騰出什麼么蛾子來，鴻臚寺還要壓著藩使上表，這種事，一定要反對到底。

楊戩笑吟吟地道：「安寧帝姬有喜了，這皇外孫便是平西王的王子。」

沈傲一下子呆住了，忍不住道：「我明白了，我這便回家去見安寧。」心急火燎地準備從宮裡出去，卻被楊戩拉住：「先別急著回去，帝姬已經入宮了。」

沈傲連忙轉身：「那我去後宮。」

楊戩卻是拉住沈傲不放，道：「陛下說了，不把賀表寫出來，不許入宮。」

××！沈傲心裡罵了一句，突然感覺有些不對勁，自家兒子出生，自己上個屁表？難道還要說今個兒平西王真啊真高興，再來個謝主隆恩？

楊戩正色道：「平西王，咱家也是奉旨傳話，你快快回家，把賀表寫來。」

沈傲懊惱地搖了搖頭，才鬱悶地道：「好吧，我立即寫過來。」

他從宮裡出來，一時間還沒有完全醒悟到底發生了什麼事，只知道眼下儘快見了安寧再說，賀表這東西動輒就是幾千言，真要寫，只怕今天是別想寫完的，不成，今天非去見安寧不可，見了安寧，還要儘快去見皇上，把蔡京的事辦妥了。

沈傲心裡有了主意，撥轉馬頭，改向禮部方向去，禮部每年接到的賀表不知凡幾，從裡面挑份往年的賀表出來照抄一下就是，反正天下賀表一大抄，一炷香時間就可以搞定。

禮部裡，楊真和幾個禮部侍郎、主簿各自坐著喝茶，楊真的案頭上，還有一份未寫完的賀表，許是寫不下去或是覺得荒謬，竟是一下子把賀表塗了。

他的臉色有些不太好看，沉著臉，一旁一個侍郎喝了口茶，慢吞吞地勸慰道：「不管是不是合乎禮儀，既然宮裡有了聖旨，我等做臣子的還能說什麼？再者說，皇外孫和皇太孫也沒什麼兩樣，按著皇太孫的份例寫就是了。」

楊真氣呼呼地道：「祖宗的成法說變就變，老夫氣的不是這個，平西王和安寧帝姬的王子，自然是清貴無比，陛下當真喜歡，寫了就是，可是開了這個例子，往後不知要出多少事。國以禮法而治，禮之不存，社稷傾覆，這句話諸公難道就沒有聽說過？」

說罷，楊真又是嘆氣，繼續道：「這賀表，該寫還是寫吧，老夫就不動筆了，周大人，你來代筆。」

先前那侍郎頷首點頭道：「下官就怕寫得不好。」

一個主簿道：「周侍郎若是寫得不好，那我等豈不都是爛筆秀才？」

眾人哄笑，總算掃了些陰霾。

正說著，前頭的胥吏連滾帶爬地進來：「平西王來了，就在外頭。」

眾人一聽，都是嚇了一跳，這災星到了哪裡，哪裡都要惹出禍來，莫不是來尋仇的？

楊真面色一冷，道：「老夫不想見他，這就去耳房坐一坐，周侍郎，你在這兒看看他怎麼說。」

其他幾個主簿也都噤若寒蟬的站起來，紛紛道：「下官還有公務，有勞周大人了。」說著一哄而散，都到一旁的耳房去躲避。

過不多時，沈傲按著尚方寶劍滿面紅光的進來，遠遠地就爽朗笑道：「楊大人在不在？學生來拜會了。」

那姓周的侍郎面色一緊，偷偷看了耳房一眼，隨即道：「下官見過平西王，平西王要尋的，莫不是楊尚書嗎？」

「對，就是他，說起來本王還是他的學生，今日特地買了兩條臘肉，要來拜會一下。」

沈傲果然提著兩條臘肉，這大熱天的，提著這個招搖過市，還進了禮部來，頓時臭氣瀰漫。

周侍郎一時無語，正色道：「楊大人今日不值堂，並不在這裡。」他說了這句話，心裡有點惴惴不安，若是被平西王發現自家騙了他，不知會是什麼後果？

沈傲眼睛一亮，心裡說，就是巴望那楊黑臉不在才好。臉上卻沒有生出一絲失望，反而笑得更加燦爛，道：「正好，本王現在尋你有點事，敢問大人名諱？」

周侍郎楞了一下，心裡想，這平西王到底是不是來尋楊大人的？怎麼聽到楊大人不在卻好像是撿到金元寶似的？不過在沈傲的跟前，他卻是一丁點都不敢怠慢的，小心翼翼地道：「下官周徹。」

沈傲如見了多年未遇的好友，握住他的手道：「周老哥年歲大，本王就以老哥相稱吧，雖說你我並不相識，可是本王一見你，心裡就覺著親近，哎呀呀，話說遠了。」一手提著臘肉，一手牽著周徹，周徹被薰得直咳嗽，卻是什麼都不敢說，只聽沈傲繼續道：「本王這次來，有一事相求。」

沈傲嘿嘿一笑，無事獻殷勤，這狐狸尾巴露出來倒是快得很，隨即道：

「周老哥，本王近來讀書，突然對賀表有了一點興致，你們禮部存的賀表不少吧？不如隨便挑幾個來，給本王回去揣摩一下。哈哈，相互學習才有進步的餘地嘛，讀書人借閱一下文章，也是一件美事對不對？」

他突然板著臉又道：「周老哥千萬別以爲本王有什麼不良企圖，本王行得正，坐得直，本王的品行，周老哥想必也知道，這賀表借了去，明日就會叫人還回來的，本王家裡金山銀山，稀罕你們禮部幾道賀表嗎？」

周徹正要說話，沈傲怕他不答應，立即又繃著臉道：「本王一向與人爲善，周老哥想必也有耳聞，周老哥若是不給，本王會生氣的。」他的臉色說變就變：「本王生起氣來，連自己都害怕，有時候神志不清，做出了什麼事，連本王都不能控制。哈哈，看周老哥的樣子，想必已經同意了。哎，本王就說嘛，都是讀書人，同是聖人門下，再者說，本王的岳丈祈國公，說不定五百年前還和周老哥是一家……」

周徹傻了眼，瞧他這意思，不給當場就要翻臉的了，只好硬著頭皮道：「平西王少待，我讓個胥吏去庫房看看。」

沈傲大喜道：「周老哥果然夠意思，本王也不教老哥吃虧，這兩條臘肉，乃是內子醃製，不知耗費了多少心力，權當是送給老哥補補身子。」接著，就將那兩條惡臭的臘肉往周徹手上塞過去。

周徹好歹是個官身，怎麼能沾葷腥？平時遠離庖廚，最挨不得這玩意的，立即用手擋住，道：「王爺，禮就免了，舉手之勞而已，下官若是收了這個，豈不是說下官貪墨了王爺的臘肉？爲王爺辦的只是小事一樁，這東西萬萬要不得的。」

「原來是這樣。」沈傲臉上露出一絲遺憾，好像東西沒送出去很可惜一樣，遲疑道：「可是本王提著它過來，若是再提出去，面上也不好看，不如這樣，周老哥兩袖清風，本王算是見識了，不如索性幫本王一個小忙，將這臘肉買下來，省得讓本王又帶回去，這天氣悶熱，只怕帶回去就發臭了。」

周徹恨不得立即去掉鼻下那股惡臭，心裡說，這肉已經臭了不知多久了，天知道從哪裡弄來的。只好道：「王爺這般說，下官只好將這臘肉買下來，只是不知這臘肉價值幾何？」

沈傲大方地道：「隨便給個一兩文就是了，難道本王還宰你不成？再者說，本王也沒買過臘肉，到底價值幾何也不知道。」

周徹聽沈傲的口氣，好像是一兩文賣給自己是天大的恩情一樣，平西王的恩情他可不敢接，立即正色道：「王爺，一兩文下官可不敢要，王爺一定要報個大致的數目，省得外頭人說下官占了王爺的便宜。」

沈傲心裡大大驚奇，這都是什麼人？禮部的人果然都是書呆子。於是撓撓頭，一臉

老實地道：「既然周老哥這麼說，本王也就說實話了。這肉是上好的黑毛豬，又是內子親自醃製，便是用的鹽酒，都是宮中貢品，一斤大致是百來貫的樣子，兩斤也就是兩百貫而已。」

兩百貫，還是兩斤臭肉，周徹差點沒從椅子上跌下來，見沈傲的模樣，沉吟了一下，咬了咬牙道：「下官沒帶錢來，所以王爺還是……」

「沒關係！」沈傲奸笑起來道：「本王還信不過周老哥？這肉先拿去，什麼時候想起來了，再把錢還到本王府上也成。若是周老哥實在過意不去，大不了寫一張借據就是，你我的關係，當然不能按賭坊的利錢來算，就按街市的結算也成，每日三分利，不打緊的。」

周徹呆住不動了。

誰知沈傲立即從楊真的案頭上取來了紙筆，放到周徹身旁的小几上，嚴肅地道：「周老哥來，讓本王看看周老哥的行書。」

周徹渾渾噩噩地按著沈傲的話寫了一張字據，腦子至今還沒有轉過彎來，便聽到沈傲大呼一聲道：「筆走龍蛇，周老哥的筆力不淺。」

收了借據，這時胥吏也取了賀表來，沈傲拿了賀表，便告辭道：「周老哥回家後一定要吩咐廚子，這臘肉一定要多放些薑片去腥。本王告辭了，哈哈，下次再和周老哥敘話。今日能遇見周老哥這樣的知己，真是痛快。」

口裡說痛快，走得更痛快，抱了賀表便不見了蹤影。

周徹看到桌上的臘肉，真真是哭笑不得，這東西要是拿回去，非被家裡那母夜叉罵死不可。

正是這時，耳房裡，楊真帶著幾個主簿出來，大家也是面面相覷，眼睛都落在這臘肉上，紛紛去搧鼻尖下的臭氣。

楊真苦笑道：「周侍郎節哀順變！」

幾個主簿也同情道：「就當是家裡失了火或是遭了竊，想開一些。」

周徹哭笑不得地搖搖頭，什麼話也沒說，提著這兩條惡臭的臘肉，丟了又覺得可惜，走到堂口正好撞到一個胥吏，便朝他笑道：「平西王家的臘肉，一百貫你要不要？本官虧本賣給你。」

胥吏嚇得臉色蒼白，呆滯了一下，隨即噗通跪在地上，不斷磕頭道：「周大人饒命，饒命啊，小人上有老下有小，全家都要吃西北風。」

咦！周徹心裡驚疑了一下：切！爲什麼方才本官就想不出這個法子來？

沈傲收了賀表和借據也不回家，直接尋了個就近的邃雅茶坊的分店，叫了個廂房，

拿著賀表直接摘抄，果然是速度非比尋常，一炷香時間便寫好了，出了茶坊直接打馬進宮。

這次倒沒人攔他，先是交了賀表上去，過了半晌工夫，便准予覲見。

沈傲跨入文景閣，趙佶淡淡一笑，這笑容沈傲太熟悉，一旦趙佶得逞了某種奸計時便是這個樣子。

「來，坐下說話。」趙佶顯然不急於說安寧的事，只是道：「福建路如何了？」

沈傲據實將審問的內容說了，最後道：「陛下，蔡家欺凌百姓，天下怨聲載道，請陛下懲處。」

趙佶咬著牙，冷聲道：「既是欺君，朕也不姑息。」他眼眸中閃過一絲冷色：「抄家吧，令大理寺去福建路，該問斬的問斬，該流放的流放，汴京這邊先不必動。」

沈傲頷首點頭，心知這一道旨意下去，福建路蔡家上下至少要死個一半，而趙佶一旦下了這道旨意，任那蔡京有通天的本事，也再無起復的可能了。沈傲在心裡吁了口氣，蔡家的事總算塵埃落定，自己謀劃了這麼久，才終於看到勝利的曙光。

趙佶突然正色道：「西夏議政王上書道賀。」他故意點了點御案上的賀表，才繼續道：「朕心甚慰，傳旨意，西夏國率先上賀，賜五百金，賜絲帛千匹。」

沈傲懶得和他計較這個，雖然知道趙佶打的是什麼主意，不過在他看來，手心是肉，手背也是肉，趙佶和李乾順勾心鬥角，讓他們自家爭去，到時候這些賞賜送去了西夏，以李乾順的精明，不知會採取什麼手段出來。

沈傲道：「陛下，微臣想去後宮看看安寧。」

趙佶想了一下：「去吧，順道給太后問個安，等一下，朕先下了旨意，再帶你去。」

趙佶朝楊戩呶呶嘴，楊戩小雞啄米似地點頭，隨即呵呵笑道：「奴才這就去。」和趙佶對視一眼，兩個人不知在琢磨著什麼不可告人的事。

沈微看到了，也不理會，興沖沖地和趙佶去了後宮，才發現晉王也在。

晉王酸溜溜地把沈傲拉到一邊：「紫蘅的事，你打算怎麼辦？」

沈傲道：「晉王想怎麼辦就怎麼辦！」

晉王酸溜溜地道：「安寧生孩子要上賀表，將來我家紫蘅生了孩子……」說罷，朝太后眼巴巴地看過去。太后不經意地看向晉王這兒，也是飽含深意的樣子。

到底誰要做爹啊？怎麼這些人一個個都稀奇古怪的？沈傲已經感覺到，後院似乎要著火了。

龍興府，西夏皇宮突然又變得緊張起來，無數的內侍亂哄哄地在宮中雞飛狗跳，偶

爾幾個背著藥箱的御醫前往暖閣，可是很快又搖著頭出來。

懷德臉上仍是木然的表情，可是眼眸深處卻有幾分擔憂，他垂著頭，跪在軟榻邊沿。

前幾日李乾順染了一些風寒，原以爲只是小事，李乾順也沒在意，昨日夜裡還在批閱奏疏，一直到三更才睡下。誰知今早起來，整個人的氣色就差到了極點，朝議不得不取消，御醫們過來都是搖頭嘆息，又不敢說油盡燈枯，只好拼命地開藥方。

這種事，宮裡人不是沒有見過，幾個太妃臨死時也都是這個樣子，可是這一次不同，這一次出事的是李乾順。

李乾順躺在軟榻上，看著龍榻頂上的雕花發了一會兒呆，突然對懷德道：「朕的時候差不多了吧，問問太醫，還有多少時日。」

「陛下，」懷德趴在榻下失聲痛哭：「陛下長命百歲，這些話再不要說了。」

李乾順的精神彷彿一下子好了些，艱難地笑了一下，這笑容有些輕視，有些傲然，接著慢吞吞地道：「誰都逃不過一死，朕也未能看得開，可是凡事都要知道自己的斤兩，朕還有許多事要謀劃啊。」

說出來的話雖然有些不甘，可是整個人卻有著說不出來的鎮定自若。

李乾順又道：「去問吧。」

懷德想要答應，這時候，外頭有個內侍小心翼翼地進來，道：「公主殿下來了。」

李乾順將手伸出榻沿，彷彿要穿破虛空去撫摸愛女的臉頰，隨即，他的聲音卻瞬間冰冷起來：「不要驚動了她的胎氣，告訴她，朕已經歇下了，朕已經吃了藥，過幾日就能調理好身體，叫她不必牽掛。」

他艱難地咳嗽一聲，繼續道：「誰要是敢胡說八道，殺無赦！還有，去把楊振等人找來，朕有話要吩咐。」

懷德淚流滿面地道：「陛下，要不要緊閉宮城，以防宵小？」

李乾順疲倦地打斷他：「不必，跳梁小丑不足為患。去把楊振叫來。」

懷德擦了淚，飛快地去了。

過不多時，楊振匆匆過來，清早他就得到了消息，早就在宮外等著，這時看到李乾順這個樣子，已是悲不自勝，撲倒在地道：「陛下！」

李乾順淡淡一笑，眼睛轉到楊振身上：「朕享國四十餘年，唯一的憾事，就是不能等到淼兒的孩子出世了。」接著斷斷續續地道：「天下的事，朕託付給議政王，你要好好地輔佐議政王，將來等到那個孩兒長大了些，再敦促議政王歸政，楊愛卿，這些事，朕都交給你去做。」

楊振噙淚應下。

李乾順繼續道：「現在立即傳召，召議政王歸國，朕賜他攝政王，西夏天下軍馬大元帥。在此之前，先不要將消息走漏出去，若是朕等不來攝政王，你和懷德商議一下，暫時封住消息，秘不發喪，待攝政王到了龍興府，再令他爲朕扶棺下葬吧。」

楊振道：「下臣立即派人去，八百里加急，定要教攝政王儘快歸國。」

李乾順微微一笑：「傳召李清。」

「李清？……」

所有人都呆了一下，懷德最先反應過來：「奴才這便去。」

按道理，這時候陛下是不可能見李清的，可是這時候召見，卻不知是什麼用意。

第八十三章 奪嫡之爭

這一天許多人已經等待了太久。

該來的總是要來，這一身富貴，是李乾順給的，

可若是李乾順接下來如何，他們心裡清楚，

這次是一決生死的時候，

攝政王能不能真正掌握西夏，還是個未知數。

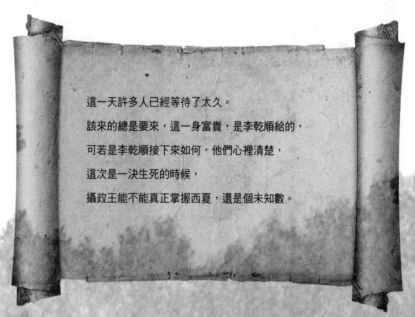

李清帶著數百名武備騎兵校尉，已經把明武學堂辦了起來，足足三千個西夏校尉正在加緊操練，除此之外，武備校尉的手上還有六千多騎隨軍，這些騎隨軍也是日夜操練，如今已是另一番模樣。可以說，李清在龍興府雖然只是宋國教官的身分，卻已掌握了一支不容小覷的力量。

詔使飛馬出宮，半個時辰後，一身戎甲來不及更換的李清踏入暖閣。

身爲宗室，上一次李清入宮，還是在二十多年前，那時，一場清除太后的風暴正在龍興府醞釀，李清一系因爲與后黨走得近，也成了李乾順剪除的目標，李清這才不得不含恨出走，可以說李清對李乾順並無多少好感。

他站在龍榻旁沉默了一下，最終還是屈膝跪下，朗聲道：「陛下。」

李乾順淡淡一笑，道：「李清，朕命你做龍興府攬五軍使，公主和沈傲的孩子，就盡皆託付給你了。」

李清呆了一下，聽到「沈傲的孩子」五個字時，已經再沒有遲疑，鄭重地道：「只要李清在一日，王子殿下必能平安無恙。」

只短短的一句話，李清便從暖閣裡出去，接著，裡頭傳來焦急的聲音：「快，傳御醫，陛下又暈過去了。」

從宮裡出來，李清對幾個在外頭候著的校尉道：「立即給王爺傳信，不要耽誤，明武學堂和騎隨軍全部警戒起來，誰有異動，殺無赦！」

幾匹戰馬飛奔而去。只過了一炷香，楊振顫顫巍巍地出來，鑽入在外頭候著的轎子，擦拭了眼角中的淚水，對轎夫們吩咐道：

「把所有人召集起來，兵部尚書和戶部尚書就不必來了，給兵部遞條子，叫他們立即加強禁宮防護，戶部下個月供給各處邊鎮駐軍的糧秣暫時先只給一半。再叫心腹不必通過衙門，直接去宋國傳召攝政王。」

龍興府霎時又緊張起來，有心人一定會發現，龍興府的防禁一下子加強了不少，到處都是明武學堂校尉和騎隨軍的身影，一隊隊的帶刀侍尉在街上走過去。各處城防也都暫時由騎隨軍接管。

這時，楊振的府邸，卻是一頂頂轎子停在門口，許多人凝重的整了整衣冠，隨即快步進去，這不大的廳堂裡，已經坐了幾十個人，遲來的不分官階，各自靠著門坐下。

楊振一臉疲倦地出來，先是嘆了口氣，看著這麼多人，才道：「諸公，要保全身家性命，只在今日了。」

聽到這句話，所有人更是肅然，這一天許多人已經等待了太久，隱隱有幾分企盼，又有幾分害怕。該來的總是要來，這一身富貴，是李乾順給的，可若是李乾順接下來如何，他們心裡清楚，這次是一決生死的時候，攝政王能不能真正掌握西夏，還是個未知數。

也有不少人聽到楊振這句話，忍不住垂起淚來，沒有李乾順，他們自然沒有如今的地位，現在李乾順病重，聽楊振的口氣，想必已經不行，不免唏噓感慨。

楊振這時卻是無比地冷靜，喝了口茶，慢吞吞地道：

「龍興府應當沒有問題，怕就怕各地的邊鎮和駐軍，一旦掌握不住，就會徹底地糜爛，若是這時候金人抓住機會，只怕西夏隨時可能覆滅。內憂外患，到了這個時候，諸公與我只能全力以赴。」

他淡淡地繼續道：「眼下最重要的是，王子殿下還未出世，陛下若是突然駕崩，便是群龍無首。老夫已經令人去汴京傳信，可是攝政王要到龍興府，至少也得一個月的時間，這一個月，無論如何，大家也要堅持住，否則在座之人都要家破人亡。」

「大人有什麼吩咐儘管說就是。」有人道。

眾人紛紛附議：「王子殿下是西夏國儲君，是我大夏正統，我等以楊大人馬首是瞻，共保公主殿下血脈，絕不惜身。」

楊振精神一震道：「諸位暫時先回衙門，戶部那裡，錢糧不要急著撥付出去。兵部下條子到各地隨軍，令他們原地待命，若是誰有異動，均以謀反處置，當地隨軍可臨機處置。城門司的差役暫時調撥到城中去，監視國族一舉一動，其餘的也不要閒著，傳信出去，給各地在職的親友傳遞消息。」

暫時也只能做這麼多，楊振最後道：「宮中有老夫在，陛下那邊，老夫會照看著。」

轉眼功夫，七八個信使飛馬出城，向南的信使竟有三四個之多，除了楊振和李清的信使，另兩路就不得而知了。

而在城中一處角落，卻是一個鬚髮皆白的老者正端著一碗烈酒喝下，朝下首七八個西夏武士道：「截住沈傲，告訴他們，不殺他，到時便是南蠻子要殺我們。」

「是。」

站起來的老者，臉上有著說不出的冷峻，他穿著一襲傳統的黨項白衣，頭上戴著銀色的髮箍，脖子上的項圈金燦燦的發著光芒，赤著足，在木製的地板上走了兩步，身後的武士恭謹地跪著，一動不動。

「便是我烏刺的外孫，也決不能讓他登上大寶。」他突然嘆了口氣，蒼老了一些，說出了這番話之後，卻又變得無比鎮定起來。他額前點了一點殷紅的圓點，那圓點在枯瘦的臉上，顯得很是妖異。

汴京城一陣譁然，平西王生子，卻要各部各藩國送上賀表，這又是一樁歷朝歷代都

沒有過的事。不過眼下不比從前，若不是這個風口浪尖，說不定還真有人要據理力爭一下，畢竟這種事實在太過匪夷所思。只是現在這個時候，恰好是蔡京倒臺的時機，諸位大人們哪裡有這個閒心去計較這個？

結果就是明明一件預料中會鬧出驚天波瀾的事，卻是無疾而終，所有人都成了瞎子聾子似的，任由事態發展。

禮部先率先上了賀表，接著各部各寺紛紛跟上，再之後就是各藩國。

這時候，汴京城裡也傳出一個消息，據說是大理寺的姜敏姜大人放出來的。說是平西王要魚死網破，理由是這位王爺受了氣，被人欺負了。

這個節骨眼上，大家都傻了眼，誰欺負誰還不一定，不過人家現在手上，確實拿著一件要命的東西，別人不敢把這個拿出來，偏偏這位平西王卻不好說。

宗王？人家可是連皇子都當街毆打的，便是太子，也被他帶兵圍過。三省的諸公，那更是不必說了，從蔡京的門下省到尚書省，哪個沒被沈傲一巴掌一巴掌地來回搧？現在連太師都倒了，那愣子還會怕這個？

如此一想，大家明白了，不能來硬的，來硬的鐵定要吃虧，再硬，能有平西王硬？人家殺的人比你吃的飯還多，所以，那些心懷鬼胎的，立時備了禮物，便去賠禮了。

送禮要先打聽清楚，對方有什麼愛好，喜歡什麼，不喜歡什麼。不過平西王的愛好根本不必打聽，人家就喜歡一樣東西，錢引。

接下來，淨顧著去和太后說話，對安寧連話都沒說幾句的沈傲從宮裡出來，還沒明白怎麼回事，便被送禮賠罪的人踏破了門檻。

沈傲也是來者不拒，被他們叫了這麼多句沈愣子，名譽受了多大的損害？當然要收點禮物才能舒心一些。

幾天下來，按劉勝的統計，訪客已經超過了三百，至於禮物嘛，至少也有兩百萬貫之多，這點錢對沈傲算是一筆天文數字了，聽了這個數字，沈傲抱著茶盞傻笑了一炷香。

一方面，大理寺的差役已經前去福建路，整個汴京在重新洗牌，所以到處都是亂紛紛的，這個時候，一道奏疏卻是遞上去，引起了一場軒然大波。

遞奏疏的，正是最近如日中天的李邦彥。

李邦彥的奏疏之所以駭人聽聞，是因爲涉及到了平西王。涉及平西王還好說，居然還涉及到了安寧帝姬，說是平西王有大功於國，安寧帝姬又是天潢貴胄，若安寧帝姬生的是男兒，請陛下封王。

封王……所有人都啞巴了，大宋的王爵雖說不太值錢，卻也不是隨便給的，多少人削尖了腦袋，打生打死說不定連個侯都混不到，便是皇子，不到一定年齡也至多是個公

爵，再往上，就要等資歷了。眼下只是一個帝姬的孩子，卻要敕封爲王，就更令人摸不著頭腦了。

這李浪子莫非是瘋了？

事實證明，李邦彥沒有瘋，多半是宮裡的那位……咳咳……

據說奏疏遞上去，趙佶竟是擊節叫好，甚至說了一句深得朕心。而且陛下的舉動能傳出宮，只怕是有意而爲之，是要講明宮裡的態度。不過這個消息實在讓人難以接受，甚至還有人以爲只是流言，當做是笑話聽。

誰也不曾想到，李邦彥早在三天前就見到了後宮來的內侍。若是認得這內侍的，多半就知道此人是鄭貴妃身邊的紅人。

這內侍與李邦彥只說了一句話便走了，這句話是：「大宋與西夏孰輕孰重？何以西夏國公主子嗣爲世子，而皇外孫爲庶？陛下憂心如焚，李門下可有辦法嗎？」

李邦彥何等聰明，立即就意識到了其中的關鍵，這個問題已經涉及到了天家體面和國體之爭了，以及宗主國和藩國的尊卑問題。

他琢磨了一夜，想起趙佶突然叫人上賀表的種種怪象，便不再猶豫，立即寫了一份奏疏遞了上去。

沈傲聽了這個消息，也只是苦笑。

倒是晉王正午到這邊來，冷著臉又催問沈傲：「紫蘅要嫁不出去了。」

沈傲見了晉王，真的沒奈何，只是道：「太后怎麼說？」

趙宗朝他眨眼睛：「越快越好，不過要你先上疏才行。否則說出去也不好聽，是不是？倒像是宮裡急著要把人嫁給你一樣。」

沈傲心想，晉王難道不是急著把人嫁給我嗎？笑嘻嘻地道：「好，好，我立即上疏，省得晉王牽掛。」

趙宗把臉一板，端起了架子：「事先說好，本王這女兒尊貴無比，你要娶她，就要痛定思痛。這還要待本王再思慮一下，看看成全不成全你的美事。」

咦，你還要思慮？沈傲奇怪地看著晉王，這傢伙還得寸進尺了。沈傲猶豫了一下，對趙宗道：「你老人家好好思慮。」

趙宗見沈傲謙卑的樣子，立即喜滋滋地道：「實話和你說了吧，太后那兒……」他故意賣個關子，等沈傲來問太后怎麼了，誰知沈傲一副沒興致追問的樣子，只好悻悻然地繼續道：「太后那兒，對封王的事也是默許的。」

沈傲總算忍不住問道：「封什麼王？」

趙宗笑了笑道：「自然是安寧肚子裡的孩子。」

沈傲呆了一下，只聽趙宗繼續道：「這是太后看在本王的面上，這個規矩出來，將

來紫蘅若是有了孩子……」

他嘻嘻地笑著，彷彿占了什麼便宜，隨即打了個哈哈道：「你這裡悶得很，本王走了，記著，快上疏。」

稀裡糊塗地兒子要封王，沈傲還在琢磨是好事還是壞事，最後乾脆全部拋在腦後，心裡隱隱覺得，這個王，只怕不簡單。

到了五月初三這一天，天空下起了暴雨，肆虐的狂風清掃了積攢了半月的灰塵，點點雨花洗滌掉塵埃。可是對沈傲來說卻不是什麼好事，一大清早，就得冒著這肆虐的天氣入宮，據說趙佶要說的是封王的事，不過具體的程序，還要等孩子落地才進行，現在多半是試探沈傲的意思。

外頭是豪雨如注，只怕連蓑衣都遮不住，只好坐了馬車，一路到了宮門，後頭有人打馬追了過來，道：「王爺，李清李大人來信了。」

李清和沈傲的書信不斷，都是連帶著西夏的朝政奏疏備份一起送來的，按理應當是三天之後才有一封，現在突然送來，肯定是有什麼消息。

沈傲問：「信在哪裡？」

來人道：「沒帶來，送信的說一定要親手交給王爺，連幾個王妃都不肯給，他到王府的時候，已經累得動彈不得，只好先讓他歇一歇。」

出了大事！這是沈傲的直覺，李清雖然謹慎，可是謹慎到這個地步，只允許自己一人親啟，還要親自送到手上，這就非同一般了。

沈傲按捺住性子道：「你暫且先回去，本王進了宮就回來。」

從車中出來，好在戴了斗笠，到了宮裡，不少人向他道賀，沈傲笑嘻嘻地應了，卻是滿腹心事，這時李清送急信來，莫非是西夏那兒出了什麼事？淼兒一個人在西夏，沈傲是最放心不下的，心事重重地到了文景閣。

趙佶正在行書，聽到內侍來報，瞇起了眼睛，道：「叫平西王進來。」

沈傲進來行了禮，很沒規矩地探起頭道：「陛下在寫字？」

趙佶朝他招招手：「你來看看。」

沈傲踱步過去，大紙上只有兩個字，字體極大，用的是瘦金體，就顯得有些格局小了些，鶴體最優美之處在細密，在於字裡行間的優雅，可是只是兩個字，美感就缺失了很多。

鎮南……平西……沈傲有些不太好的預感。

趙佶擲筆笑道：「朕寫得如何？」

沈傲苦笑道：「君王之中，陛下的行書當之無愧是第一。」

趙佶撇了撇嘴，才是含笑道：「朕再問你，這鎮南二字如何？」

沈傲沉默了一下，道：「陛下的用意是？」

趙佶淡淡笑道：「若安寧公主生的是男兒，朕敕他爲藩王，與你平起平坐。」

沈傲呆了一下，道：「陛下……」

趙佶淡淡道：「福建路已是不小了，可以劃出一兩個府來分封下去嘛。怎麼，你捨不得？」

老狐狸！沈傲心裡腹誹了一句，說是敕了一個孫子做藩王，可是這個藩，卻是從女婿的藩地裡割去的，等於是大宋什麼損失都沒有，倒是趙佶先急著給自己的外孫爭家產了。這種盡虧本的生意，沈傲卻是不做。

沈傲猶豫了一下，道：「陛下，安寧肚子裡是男兒還是女兒還不一定，現在說這個是不是早了些？」

趙佶笑道：「是男兒，朕昨夜做了一個夢，夢到朕的皇孫站在海邊上，祭祀天地宗廟。」

沈傲立即道：「微臣也做了一個夢。」

趙佶道：「你夢到了什麼？」

沈傲苦笑道：「夢到兩隻老虎在爭一隻麋鹿，天上突然降下一隻真龍，把一隻大老虎趕跑了。」

趙佶哈哈一笑，隨即道：「不從福建路割出藩地也可以，你不是在南洋建了許多總督府嘛，把南洋的總督府由鎮南王轄制也可以，朕的南洋水師就是賞給鎮南王的。」

沈傲聽他這麼一說，心裡便想，南洋這麼大，暫時先應承下來，到時候看哪個藩國不聽話，再把他剪除就是，還怕安置不下一個藩王？反正有了趙佶皇外孫的名分在，占山爲王也沒人敢說什麼。

沈傲瞇起眼睛，突然想到了倭島，倭島的總督府區域可是不小，足足占了倭國本島的四分之一，這麼大一塊肥沃的土地和優良的海岸，若是在那裡建一個藩鎮……

趙佶見他默不作聲，道：「朕左思右想，朕這皇外孫是該有個名分，你的長子是藩王，朕的嫡親血脈難道還要做個庶子草民嗎？這鎮南王就賜給他了，至於藩地的事，以後再說。」

沈傲樂呵呵地出了宮，趙佶的話言猶在耳，現在想起來好像自己也沒吃虧。

回到府裡，傾盆大雨還在下，劉勝在門房早已拿著傘等候了，見沈傲的馬車一到，立即飛快地撐傘過來給沈傲遮雨，一面道：「龍興府來了消息，請王爺立即去側廳。」

沈傲的臉上一下子暗沉下來，猶如那烏雲壓頂、大雨傾盆的天氣一樣。

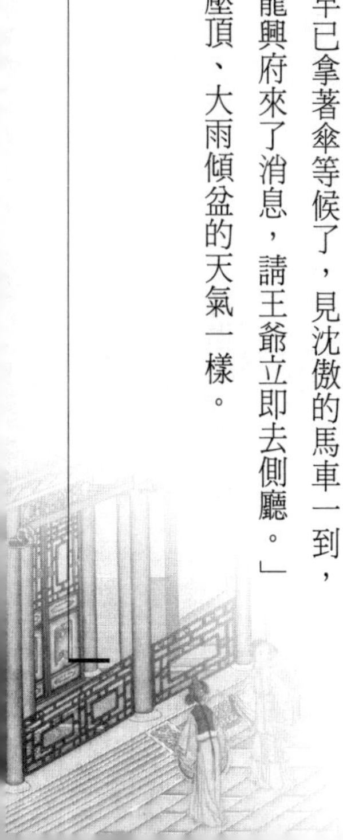

急促地到了偏廳，一個校尉已經坐立不安地等候多時，見了沈傲，立即拱手道：「王爺。」

沈傲壓壓手，示意他不必多禮，開門見山地問道：「信呢？」

這校尉小心翼翼地從懷裡抽出一卷油紙出來，揭開之後，便是一封信套完好無損地出現，沈傲接過信，只掃了一眼，立即臉色驟變，許久才平靜下來，叫這校尉坐下說話。

「你從龍興府過來的時候，李清和你說什麼？龍興府又有什麼變化？」

校尉疲倦地道：「李教官說，龍興府暫時不必牽掛，李教官一定周全王子殿下，不過請王爺接到信之後，立即啓程趕赴龍興府，多耽誤一刻，隨時會有變故發生。」

沈傲深吸了口氣，已經明白信中的內容確定無疑了，忍不住吁了口氣，李乾順雖說是個老狐狸，可是對他沈傲並不壞，這時候突然病重，甚至於到了托孤的份上，只怕是過不了這道關卡了。只是眼下孩子還未出世，也就是儲君未明的情況下一旦駕崩，那麼蟄伏已久的國族會不會趁這時作亂，卻是未知數。

再加上……沈傲真正擔心的是西夏的北部邊鎮，金人惱怒皇子在西夏被殺，此時趁虛而入也不一定，若是如此，事情會更加棘手，甚至西夏有可能立即會成爲大宋、金國、契丹人交鋒的主戰場。

說來說去，還是太倉促了，甚至還沒來得及讓李乾順把所有的事理清就陡然生變。

沈傲心裡明白，這一趟西夏，他不得不去，而且一時半刻都不能耽擱。

沈傲霍然而起，道：「辛苦了，先在府上歇一歇，我現在立即進宮，劉勝……劉勝……」

劉勝碎步進來：「王爺有什麼吩咐？」

沈傲道：「叫人去武備學堂、馬軍司傳信，叫他們隨時待命，等候聖旨。」

沈傲將信貼身藏了，這次連斗笠和雨傘也來不及帶，飛快地衝入傾盆大雨中，嚇得劉勝在後頭大叫：

「王爺……王爺……傘……」

好在馬車還沒有趕回馬廄去，沈傲招招手，對車夫道：「去皇宮，要快！」

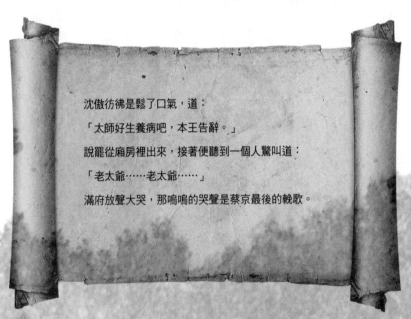

第八十四章 最後輓歌

沈傲彷彿是鬆了口氣，道：

「太師好生養病吧，本王告辭。」

說罷從廂房裡出來，接著便聽到一個人驚叫道：

「老太爺……老太爺……」

滿府放聲大哭，那嗚嗚的哭聲是蔡京最後的輓歌。

疾馳的馬車飛快朝皇宮過去，車軲轆在街道上劃出兩道水紋，雨線滴答吹打在車廂上，頂棚便呼啦啦的落下一層水簾，因車速太快，車簾被風一吹，便有風雨灌進車裡。

沈傲看著外頭的雨幕，不知是悲是喜，一方面，這個消息，他的心裡似乎早就隱隱期盼，此去西夏，若是順利，那麼他沈傲便會搖身一變，成爲這片大陸上最有權勢的幾個人之一；可是另一方面，對李乾順的死，他又忍不住有幾分黯然，而淼兒母子的平安更令他心焦，雖說龍興府有李清和楊振在，可是沈傲終究還是放心不下。

這種複雜的心情交織在一起，和這亂七八糟的天氣一樣，讓沈傲臉上陰晴不定，到了宮門，他冷聲下了命令：「直接入宮。」

車夫猶豫了一下，繼續催馬進去，禁衛們見是平西王的車駕，既不敢攔，又怕擔了干係，於是便有一隊禁衛冒雨飛快跟上。

到了文景閣，沈傲下了馬車，看到後頭濕答答的禁衛，抱歉地朝他們笑了笑道：「事急從權，勞煩諸位把馬車拉回宮外去。」說罷，迎著狂風驟雨，一步步拾級上了白玉堆砌的階梯。

迎面一個內侍打著傘過來，沈傲接過傘，對這內侍道：「立即去稟告平西王沈傲覲見，告訴陛下，出大事了！」

那內侍聽了，什麼也沒說，佝僂著身子，匆匆往文景閣裡趕過去。

趙佶剛剛和沈傲說完了話，正在猜疑沈傲是不是明白自己的用心，索性拿了幾本奏疏去看，幾本彈劾奏疏，都是些不入流的官員，彈劾的都是李邦彥壞祖宗之法的。

他看了這些奏疏，冷哼一聲，顯得很是不悅，便將這些彈劾奏疏推到一邊，心裡想，朕的用心，豈是這些人能體會得？倒是這李門下頗有用心，能揣摩朕的心意。

正是這個時候，內侍來報，一句出大事了，令趙佶一時呆住，在他看來，沈傲剛剛出宮，如今又轉頭來覲見，肯定是有要事，平時沈傲雖然愛胡說八道了些，可是處事方面還不至於一驚一乍，這時特意加重了「出大事」這三個字，那必然是出了天大的事。

趙佶立即冷靜下來，道：「傳召，叫他快進來。」

一會兒功夫，一身濕淋淋的沈傲跨入文景閣，趙佶見他一副落湯雞的樣子，立即對人道：「去，取炭盆來，不要讓平西王著涼了。」隨即又朝其他內侍使了眼色，意思是叫他們回避。

內侍們立時退得一乾二淨，除了一個抬了個小炭盆來，又搬了個小凳，叫沈傲坐在小炭盆邊烘烤，又上了一杯熱茶，才小心翼翼退去。

這文景閣裡，只剩下一君一臣，沈傲才開口道：「陛下，西夏國主病危。」

「這麼快！」趙佶整個人震了一下，以他的性子，八成詛咒了無數遍李乾順不得好死，可是這個消息來得太突兀，竟是讓他始料未及。

趙佶與李乾順可謂是一對冤家，二十多年前，李乾順親政，而趙佶也登基爲帝，西夏與大宋的關係雖然緩和了一些，可是衝突仍是不斷，這時候聽到李乾順病危五個字，趙佶突然有一種兔死狐悲的悵然，彷彿看到了自己未來的命運一樣。

趙佶定了定神，隨即冷著臉道：「消息可靠嗎？」

沈傲點頭道：「絕對可靠，李乾順已經傳召微臣入西夏，微臣是來向陛下請旨意的。」

趙佶沉著臉點點頭，他自然明白西夏的處境，若是沒有人去收拾，必然會分崩離析，滋生內亂。若是從前倒也罷了，只怕趙佶早已巴不得如此，只是眼下金人虎視西夏，一旦西夏內亂，必然會給金人有機可趁的機會。

趙佶深吸了口氣，道：「你要多少人馬？帶多少人去？」他同樣明白這一趟沈傲入夏的風險。

沈傲道：「帶的多了，難免會引起猜忌；少了，又於事無補，不如就帶武備學堂的校尉一道去，如今武備學堂共有九千校尉，暫時足夠了。另外馬軍司也可以調到三邊，一旦有變，可以立即馳援。這件事宜早不宜遲，就是不知道西夏國主能堅持多久，微臣希望明日就動身。」

趙佶嘆了口氣道：「你要小心，朕會傳旨給兵部和樞密院，令他們立即著手準備糧餉，實在不行，就從邊鎮和各路的廂軍抽調。」

一夜功夫要籌辦這麼多事，倒也有些爲難，實在沒有辦法，就只能就地補給，到了邊鎮，再從邊鎮抽調。

趙佶想了想，繼續道：「去了西夏，不要老是逞一時之快，若是太過凶險，可以立即給童貫去信，叫邊軍接應你回來，還有那西夏公主和王子，也一併帶回來吧，朕不會爲難他們。」

沈傲方才還在腹誹這個老狐狸，可是這時候，又突然有些感動了，這傢伙怎麼老是這樣？一下子想方設法占著自己的便宜，一下子又是一副顧念自己安危的口吻，真是兩面三刀，讓人喜一下悲一下，還是沒完沒了的那種。

沈傲定了定神，道：「陛下放心，微臣吉人自有天相，一定能平安回來。」

趙佶忍不住哂然，指著他道：「你越是這般說，朕就越是不放心，朕到時候下旨意給童貫，三邊隨時待命，暫時聽你號令。」他眼眸一閃，顯露出一絲殺機：「若是西夏出了叛亂，金人趁虛而入，朕必起傾國之軍與金人周旋。」

沈傲總算放心了一些，現在金國人的目的還是放在契丹那裡，不亡契丹，再分兵去奪西夏，若是有機可趁還好，一旦趙佶下了足夠的決心，五十萬以上的宋軍就可以隨時北上，到時候金人願不願意抽調大量軍馬兩面作戰還是未知數，沈傲捫心自問，自己若

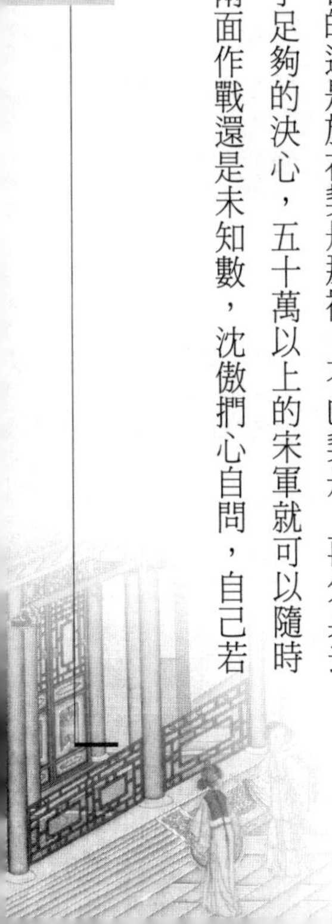

是完顏阿骨打，只怕未必能有這個決心。

很多時候，戰爭打的就是決心，決心更是一種戰略。

沈傲鄭重地朝趙佶行了個禮，道：「陛下，微臣告辭，這便回去準備了。」

趙佶頷首點頭，問道：「要不要去後宮見見安寧？」

沈傲苦澀一笑，搖頭道：「微臣不知該如何面對她，陛下就讓微臣拋下一切雜念，去做出一番驚天動地的事來吧。」

趙佶嘆了口氣，道：「西夏之事，朕託付給你了。」

沈傲淡淡一笑，站起來無所畏懼地道：「臣有尚方寶劍，人擋殺人，佛擋殺佛，陛下且看微臣手段如何！」

兩人默契地相視一笑，趙佶親自將沈傲送出去。這一次非比尋常，若是給李乾順哪怕是多一年的壽命也好，讓他有所準備，至少可以平穩地交接。可是現在這個時候，西夏是什麼樣子都不知道，就貿然入夏，雖不至於九死一生，卻也足夠驚心動魄了。

趙佶勉強地擠出幾分笑容，滿是豪氣地站在屋簷下，雨水淅瀝瀝從屋簷落下來，他朗聲道：「沈傲，一定要回來。」

沈傲朝趙佶拱拱手道：「王相公，告辭。」

聽到這久違的稱呼，趙佶忍不住莞爾一笑，目送著那個人影冒雨離開。

「送傘！」他大呼一聲，忍不住又覺得這傢伙實在冒失，讓人放心不下」。

武備校尉傾巢而出，馬軍司隨時在邊界枕戈以待，再加上數十萬邊軍，龍興府又有數萬兵力呼應。一旦西夏有變，可以立即作出反應。

冒雨從宮裡跑出來的沈傲大致已經有了幾分把握。這些時日，西夏的奏疏和邸報都會按時送來，有了這個，沈傲對西夏頗有幾分瞭解，西夏最動盪的因素已經不是龍興府，而是分佈在西夏附近的黨項部族，這些人雖然未必能從國族手裡分到太多好處，可是一旦有心人挑唆，便極有可能滋生變亂。

更爲重要的是，他們還掌握了相當多的邊鎮駐軍，尤其是靠近三邊的橫山五族，其首領雖然不是宗室，可是在西夏國擁有極大的影響，其最爲強大的便是衛慕氏，這個家族曾是西夏開國國主元昊的母系，此後與宗室聯繫也更爲緊密，幾乎西夏宮廷的皇后，都是出自衛慕氏。

整個部族雖然只有萬餘人，可是附近推它爲首的黨項族多達十萬之眾，又靠近契丹、大宋接壤的三角邊境，西夏邊軍或多或少會受這個部族酋長的影響。

可以相信，一旦李乾順駕崩的消息傳出去，不甘心的西夏國姓隨時可能聯合起來，又趁著淼兒的孩子還未出世，一場叛亂只怕從現在就已經開始醞釀了。

不過西夏此行，沈傲不得不去，便是九死一生，他也要去闖一闖。在他的心裡，隱隱已經將西夏當作了自家的一畝三分地，這廝一輩子從來沒吃過虧，豈能讓別人占了便宜?更何況淼兒和肚子裡的孩子還留在那裡，身爲男人，沈傲沒有逃避的理由。

冒雨鑽進車廂，車夫大聲道：「王爺，方才蔡家有個人來傳信，請王爺去蔡府一趟。」

沈傲坐在車廂裡擰著衣袖上的水漬，不由愣了一下，道：「不去，回府。」

車夫頷首點頭，又說了一句：「那來人說，太師已經沒有多少時候了，只是希望臨死之前，見王爺一面。」

沈傲沉默了一下，突然道：「去蔡府。」

馬車冒雨到了蔡府，幾月不見，整個蔡府蕭條了許多，甚至是門前的雜草也無人去打理，那一對猙獰怒目的石獅，此刻在雨水的瓢潑下顯得黯然無神。

據說早在不久前，蔡家已有不少家僕跑了，蔡府的主事去京兆府叫差役捉拿逃奴，若是換作從前，京兆府早就雞飛狗跳四處鎖拿了，只是出人意料的是，這一次京兆府卻是一點動靜都沒有，雖是應了，卻是一個差役都沒放出去。

因此，沈傲穿過門房和一處牌樓時，發現整個蔡府更是蕭索，除了幾個佝僂著腰的老僕，再看不到人蹤。沈傲心想，若是蔡京知道會有今日，當年起高樓宴賓客時還會那般肆無忌憚？

一處沉香的廂房裡，帷幔輕輕地被吊鉤鉤開，奄奄一息的蔡京顯得無比蒼老，臉上的皺紋比一隻百年老龜更加深刻，他的眼眸暗淡無光，彌留的最後一刻，燃不起他求生的希望。

渾濁著藥和檀香的味道讓沈傲覺得有些刺鼻，可是看到蔡京，他卻沉默無語，只是坐到榻前，端起桌几上的一碗湯藥，用勺子舀了舀，接著緩緩地送入蔡京的嘴裡。

蔡京的嘴唇很乾涸，卻是出奇地配合，小口地抿著湯藥，似乎這藥味太過苦澀，讓他不由擰起眉毛。他終於艱難地擺了擺手道：「不必了，回天乏術，再吃這個又有什麼用？倒不如走得舒暢一些。」

沈傲識趣地放下藥湯，微微一笑道：「太師好些了嗎？」

蔡京淡淡一笑，一雙眼睛總算恢復了幾分神采，他輕輕咳嗽一聲，才道：「平西王好算計，老夫甘拜下風。」

他先是示弱，突然又道：「若是二十年前，老夫絕不至如此，人老了，許多事都有了顧忌。」說著吁了口氣，又繼續道：「老夫這一輩子也算是值了，並沒有什麼遺憾，只可憐老夫的子孫，要爲老夫遭這個罪。」

沈傲抿了抿嘴，沒說什麼。

蔡京道：「平西王爲什麼不說話？」

沈傲猶豫了一下，道：「有些話本不該說，既然太師如此說了，今日本王也索性說了吧，蔡家會有今日，是咎由自取，與太師有關，卻又無關。」

蔡京嘆了口氣，並不反駁什麼。突然，他的臉上泛出一點紅暈，艱難地換了個睡姿道：「李邦彥這個人，平西王不要輕視，平西王要做出一番事業，不除此人，早晚還要前功盡棄，此人城府不在老夫之下。」他沉默了一下，繼續道：「懷州這個地方，平西王可知道嗎？」

沈傲搖頭。

蔡京繼續道：「鄭貴妃和李邦彥都是懷州人，此處的商賈是出了名的。」

沈傲不由沉吟了一下，道：「請太師賜教。」

蔡京淡淡一笑，道：「想必平西王也聽說過南泉北懷這句話，懷州的商賈是天下皆知的，平西王知道他們做的是什麼生意嗎？」

沈傲皺了皺眉道：「莫非是陸路行商？」

蔡京喘了口氣道：「契丹，西夏，吐蕃，金人，這些生意都是巨利，一個鐵器，在大宋不過數十錢而已，到了女真，便是數兩銀子，尤其是馬掌……」他斷斷續續地道：

「不說這些了，平西王想必已經心知肚明。」

有些話，點到爲止就行，沈傲要抗金，遲早會與懷州的利益相衝突，而懷州的領袖，自然就是那李邦彥，沈傲想不到，在這朝局之中，還有地方的利益之爭。

沈傲現在無疑已經是泉州利益的代表，泉州代表著海貿，而懷州依靠的是絲綢之路，是陸路的商貿，現在看上去似乎不會有矛盾，可是遲早會爆發出來。

沈傲心下一凜，更何況，金人最缺乏的就是鐵器，懷州商賈這般做，便是通敵賣國也是輕了。

蔡京哂然一笑，道：「老夫曾幾何時，也和平西王一樣，只是受了挫折，意氣風發過了，心思也就淡了。平西王，蔡家死的人太多，老夫若是懇求你，你願意爲老夫完成最後一樁心願嗎？」

沈傲道：「太師的心意，本王明白，蔡家還有個叫蔡淑的，並沒有什麼罪狀，他不會死。」

不會死三個字，已經是沈傲的承諾，蔡家已經完了，徹底地土崩瓦解，雖說還有人只是刺配並不是死罪，可是蔡京得罪的人太多，天下人得而誅之，只要蔡京一死，蔡家上下絕不會再有活路。那個叫蔡淑的，雖然沒有牽連，可是沈傲若是不點這個頭，到時候也必定是死無葬身之地。

蔡京微笑起來，緊緊抓住沈傲的手，道：「平西王大恩大德，老夫生受。」

這一個幾近油盡燈枯的老人，這時候反而沒有了仇恨，沒有了計較，其實沈傲和他都明白，這個遊戲沈傲若是敗了，下場也是一樣。願賭服輸，這就是遊戲的規則。

沈傲彷彿是鬆了口氣，道：「太師好生養病吧，本王告辭。」說罷從廂房裡出來，接著便聽到一個人驚叫道：「老太爺……老太爺……」

滿府放聲大哭，那嗚嗚的哭聲是蔡京最後的輓歌。

沈傲感覺心裡的一塊大石落地，死了的蔡京，才是好的蔡京，不過他臨死之前的話，卻足夠他受用。李邦彥這個人不簡單，看來不能輕視。還有一個鄭貴妃，再加上懷州的商賈，這幾股力量合在一起，卻是不容小覷。

不過沈傲現在要做的，是把自己應得的東西取回來。所以這時候顧不上這個，想到病危的李乾順，沈傲的眉頭皺得更深。

這時天已放晴，沈傲坐著馬車回到府邸，迎面恰好看到了陳濟與唐嚴一起出來，不知是要去哪裡。

見了沈傲，陳濟哈哈一笑道：「沈傲來得好，走，你家泰山請客吃酒。」

沈傲淡淡一笑，道：「李乾順病危，蔡京死了。」

唐嚴和陳濟都呆了一下，陳濟突然苦笑道：「死了倒也清靜。」隨即又凝重起來：

「莫不是現在就要準備去西夏？」

沈傲頷首點頭道：「明日啓程，時間耽擱不起了。」

唐嚴道：「沈傲，會不會有危險？這西夏不比大宋……」

陳濟卻打斷道：「去，要去，西夏是沈家的，君王死社稷在，沈傲這個議政王，豈能坐看西夏糜爛？只是這一次去，多加小心，老夫送你一句話，剛極易折柔則不壽，唯有剛柔並濟，以雷霆之威輔之以禮儀，方能長存。」

沈傲行禮道：「學生銘記。」

陳濟哈哈笑道：「記住了就好，走，仍舊去喝酒，只當爲你送行吧，你家泰山剛剛領來的薪俸，再不給他花掉，只怕過幾日又沒了。」

唐嚴卻沒陳濟的灑脫，一直皺著眉，對沈傲入夏的事憂心重重。

龍興府的詭異氣氛，讓宋夏邊境霎時如受驚的山貓一樣敏感起來。一個個斥候放出去打探，大多都是空手而回，原先輕鬆的氣氛，又驟然變得緊張。

童貫此時也是頭痛不已，旨意已經發過來，邊軍一切聽平西王調度，可是他的擔子卻是不輕，平西王多半是要冒險入西夏了，沒出事倒也罷了，一旦有個三長兩短，他這個監軍難辭其咎。

如何護佑平西王周全又是個難題，一方面，大軍是萬萬不能過境的，一旦過境，沒事都會鬧出事來，可是隨平西王出關的扈從若是少了，又怕不能以防不測，多了，又說不過去。左右都是為難，所以童貫真是輾轉難眠。

這種事，做得好，沒有功勞，他膽子再大也不敢和平西王搶功勞；可是辦砸了就是死罪，這一點，童貫比任何人都清楚。而且西夏那邊似乎也開始不安分了，許多蛛絲馬跡都可以證明，隱隱之間，竟有幾分備戰的氣氛。莫不是有人要阻撓沈傲去龍興府？

這個猜測不是不可能，大宋既已知道了李乾順的病情，西夏那邊也瞞不住，一旦有人居心不軌，在半途劫殺沈傲也是預料之中的事。

童貫更加不安，放出更多的斥候，可是得來的消息都是語焉不詳，有的說橫山五族近來派出了許多信使，甚至還有人悄悄與龍興府聯絡，似乎有大舉動。有的說龍興府已有詔令出來，勒令各部不得隨意變更駐地，否則以謀反論處。

童貫意識到，這是西夏內部的交鋒，王黨和國族圍繞著這平西王已經勾心鬥角，現在最缺的，就是一個引子。

過了幾天，沈傲的書信送過來，童貫看了信，信只是交代邊軍這邊準備好糧草就地供應，另一方面交代童貫不可輕舉妄動。掐了掐日子，沈傲是五日前出京的，若是馬程快一些，只怕再過幾日就能到了。

童貫拿著信，不由淡淡苦笑：「平西王火中取栗，他倒是說得輕鬆，可真是教咱家爲難了。」

正在這時候，那送信的校尉又拿出一封密信出來，道：「王爺說，這封信，童相公看了之後立即焚毀掉。」

童貫心一時凜然，單看這口氣，想必這信也是不簡單，他接過信，撕了封泥，打開一看，只見上頭寫道：「徹查懷州商賈，違禁之物不得出關。」

童貫吸了口氣，立即叫人拿了油燈過來，把信燒了，隨即對來人道：「回去告訴王爺，咱家知道了。」

待送信的人走了，童貫的臉上變得陰晴不定起來，愣愣地坐了一會兒。

這懷州商賈是什麼，他當然知道，大宋北部的幾處邊鎮關口，都是懷州商人的重要商道，歷來與邊將都有瓜葛，邊將對這些人的貨物也都睜一隻眼閉一隻眼，也有一些被查禁的，可是每到這個時候，總有人來說情。一開始只是一些路府的官員，若是吃了閉門羹，他們也絕不說什麼重話，可是接下來就是一些兵部、戶部的主簿之類了，這些人和邊關多少有點往來，所以不免要賣些面子，最後查禁的事也就不了了之。

不過這些懷州商人倒也識趣，只要肯放行，也捨得出錢來打通關節，背後若隱若現著一個龐大的力量，卻從來不拿大，因此，但凡是懷州來的貨物，邊鎮關隘一向是給予

方便的。

一般人只當是尋常的官商勾結，可是童貫是什麼人？他雖然對這事睜一隻眼閉一隻眼，每年有些懷州來的商人送上的禮物，他也接受。可是隱隱感覺，懷州商賈的背後，絕不簡單。可能三省之中也有他們的人，甚至是宮裡說不定也有一份。

童貫雖是個太監，可是常年在外，先是在蘇杭，之後又是來了這裡，因此對宮中其實並不熟悉，也不知道到底是什麼人給這些商賈張目。不過他一向圓滑，不該管的東西，絕對不管。

而且近來懷州商人出入關口的頻率越來越頻繁，甚至已經有些明目張膽了，也曾引起過童貫的注意。派出去的斥候，有的還聽說西夏這邊還好，契丹那裡更不像話，許多契丹人的武器都是大宋工部監製的，甚至還有流言，說是連金人都和一夥懷州人做生意。

這些人厲害之處，打通大宋的邊關倒也罷了，居然連契丹的邊關都能出入無人之境一樣，這就讓人不可小覷了。

眼下沈傲突然送了這封信來，又是懷州商人的事，童貫遲疑了一下，一時倒是不知道該查還是不查。不查便是得罪平西王，查了，誰知道會牽連出什麼來？

童貫苦笑一聲，足足喝了四盞茶，才叫來個人道：「去，把楊怡叫來。」

楊怡是童貫的乾兒子，也沒什麼避諱，大剌剌地走進來，道：「乾爹。」

童貫陰沉著臉問道：「咱家問你，你和懷州那邊有什麼牽連？」

楊怡見童貫面色不善，立即道：「乾爹怎麼知道？」

童貫冷笑道：「你掌著互市，懷州就不會給你好處？說，說清楚，說清楚了咱家才能保全你。」

楊怡對童貫敬若神明，他是童貫一手養大和提拔起來的，見童貫說得這般嚴重，也就全部抖落出來：

「牽連其實也不多，那些懷州人做的生意，其實整個邊鎮都知道，他們每日發出一批貨去，都會推舉個人封些錢來。乾爹，兒子絕不敢藏私的，這些錢每筆帳都是數目清楚，邊鎮的這些人都是按時送去的。」

童貫冷著臉道：「你啊你……」一時也不知說什麼好，其實這事，他早就默許，只是現在才知道原來是一身騷，卻也無可指責，只好道：「從此以後，不要和他們有什麼瓜葛了，去，從即日起，所有進出關隘的貨物都要嚴查，若是查出來什麼……」

童貫冷冷一笑：「把人都拿了，殺一批，以儆效尤。」

楊怡小心翼翼地道：「殺了會不會不妥當……兒子聽說，這些人也不簡單，再者說了，這些人平時給了這麼多好處，現在突然翻臉，會不會太不近人情了些？」

童貫大罵道：「不知死活的東西，他們不簡單，再不簡單，難道會有平西王不簡單？平西王要徹查他們，咱們不殺一批，如何表明與平西王同仇敵愾的立場？到時候那沈愣……」

童貫呆了一下，立即改口：「那平西王若是真要追究起來，他們懷州的狗東西死絕了，咱們也要搭進去。」

楊怡聽到平西王三個字，再也不說什麼了，臉色駭然地道：「兒子這就去做，這些人越來越沒王法了，不殺他們，真當咱們邊鎮的弟兄收了他們一些小錢就可以肆無忌憚。」

童貫卻是喝住他，道：「回來。」

楊怡道：「乾爹還有什麼吩咐？」

童貫慢吞吞地道：「平西王要徹查的事，誰也不許說，先看看他們到底是什麼來頭。」

楊怡頷首點頭，飛快地去了。

童貫嘆了口氣，喝了口茶，才平復了心情，殺了這批懷州商人，也算是他納了投名狀，不過其實投名狀早已納了，童虎都在沈傲手上了，自家若是再蛇鼠兩端，難道會有什麼好果子吃？

邊鎮的關隘不少，如這熙河便是出入西夏最快捷的通道之一，從這裡到西夏龍州府一直走腳程若是快些，也不過一兩日功夫。而且這條商道因爲是兩國的重要場所，到處都有遊騎，所以這條商路最是安全，絕不用害怕會有亂匪出沒。

這半年，宋夏關係驟然暖和起來，於是出關的商隊不少，不過和從不遠處一處大倉庫裡出來的一支商隊比起來，實在黯然了許多。

這支商隊足有上百頭牲畜，騾子、駱駝、老馬都有，還有幾十個穿著勁衣的彪形漢子打頭，後頭的車夫、腳夫有一百多個，車上拖載的貨物都用黑油氈子緊緊蓋住。帶隊的是個主事模樣的人，騎在馬上神氣無比，幾聲呼喝，嗓門很是頤指氣使。

到了出關的關口，門洞的邊軍已經開始盤查了，那主事落了馬，等著前頭的人先出去，立即有個小廝模樣的人好奇地道：「五主事，這出關的人是一天比一天多了，據說京畿北路那邊也來了不少商人。」

五主事冷笑一聲，道：「你懂個什麼，自從這裡開了關，咱們老爺的生意才越發不如意，若是往年，一斤細鹽送到龍興府能賣七八貫銀子，在那裡細鹽比引子還值錢，可是今年你看看，要不是那平西王弄出個什麼議和，這好處怎麼會全部給這些狗東西都吃了。」

小廝笑嘻嘻地道：「反正老爺也不靠這東西發財，別人只能運些綢緞、鹽巴，可是我們……」

五主事大喝道：「不要胡說，小心打斷你的狗腿。」

小廝立即噤聲，再不敢說什麼了。

前頭的商隊都出了關，五主事才姍姍來遲地帶著人到了關口，一見到守門的一個虞候，便笑容滿臉地道：「鄧虞候，多多關照。」接著朝後頭的夥計招招手，示意他們先過去，自已先和這虞候說說話。

誰知這鄧虞候的臉色板得比誰都難看，冷冷地道：「且慢！」

五主事臉上仍是帶著笑容，守關隘的都是粗漢，脾氣都難伺候倒是真的，不過他不想惹什麼麻煩，還是按著老規矩，從袖子裡取了一張錢引，對這鄧虞候道：「兄弟們辛苦，喝茶，喝茶……」

這虞候卻是用粗壯的手將五主事的錢推開，惡聲惡氣地道：「誰稀罕你的屁錢，邊鎮的規矩，但凡出入關隘的，都要搜檢，以防有宵小攜帶禁物出關，這個規矩，你懂不懂？」他大喝一聲，道：「來，搜！」

五主事臉色驟變，從前好好的，怎麼今日突然說翻臉就翻臉？心裡不由冷笑，大罵了一句不識抬舉的東西。

幾十個邊軍二話不說，立即將門洞攔住，不許車隊出去，接著有人不客氣地掀開黑油氈布，嘩啦啦的一聲，光天化日之下，有個邊兵大叫道：「大人，快看。」

那鄧虞候跨刀過去，被掀開來的一角，卻是一只只黝黑的鐵器。

「馬掌！」

不管是西夏、契丹、女真，都盛產良馬，可是馬掌這東西，卻是大宋製的最輕快。契丹和西夏國也不是沒有作坊製造這個，只是不管是精度還是工藝都差了大宋不少，因此一副好的馬掌在大宋或許並不值什麼錢，可是運到了西夏就是數倍的利潤，若是要能運到女真那裡，價值便可哄抬到十倍以上。

眾所周知，馬蹄鐵這東西對戰馬的馬蹄有很大的保護作用，一副好的馬蹄鐵更能平添戰馬不少戰力，這東西大宋一直不許流出，嚴禁商販運出去牟利，可是這上百輛車子一個個掀開，卻發現都是這用草紙包裹了的東西，足足數千。

鄧虞候瞳孔一收縮，冷笑一聲道：「來，全部拿下！」

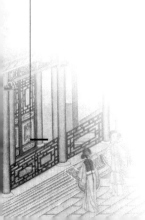

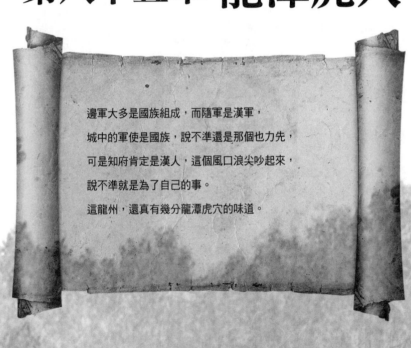

第八十五章 龍潭虎穴

邊軍大多是國族組成，而隨軍是漢軍，

城中的軍使是國族，說不準還是那個也力先，

可是知府肯定是漢人，這個風口浪尖吵起來，

說不準就是為了自己的事。

這龍州，還真有幾分龍潭虎穴的味道。

數千隻馬掌，放在任何時候都是轟動的事，當日數千邊軍立即行動起來，一下子功夫，竟是搗毀了七八個貨棧，這些貨棧都有懷州背景，竟是查抄出不少違禁之物。甚至是大明最新的火炮，都繳出了三尊。

這麼大的案子，自然是聳人聽聞，連邊軍都覺得事情太大，於是連夜拿人，捉了七八個商賈和主事。

熙河的一處大宅院，這是一座典型的西北磚樓，前頭是磨磚對縫的灰色磚牆簇擁著懸山式的門樓，椽頭之上，整齊地鑲著一排三角形的「滴水」。簷下，便是漆成暗紅色的大門。

厚重的門扇上，鑲著一對碗口大小的黃銅門鏤，垂著門環。門扇的中心部位，是一副雙鉤鐫刻的金漆對聯：「隨珠和璧，明月清風」。門楣上伸出兩個六角形的門簪，各嵌著一個字：「博」、「雅」。大門兩側，是一對石鼓，高高的門檻，連著五級青石臺階。

這座大門通常是緊閉著的，主人回家，或是有客來訪，叩動門環，便有門房從南房中聞聲出來開門相迎。

穿過大門的門洞，迎門便是一道影壁，瓦頂、磚基，四周裝飾著磚雕，中心一面粉牆，無字無畫，像一片清澈的月光。影壁的底部，一叢盤根錯節的古藤，虬龍般屈結而上，攀著幾莖竹竿，纏繞著繁茂的枝幹，綠葉如蓋，每逢春夏，紫花怒放，垂下萬串珠寶。

平時這座大宅子少有人住著，只有十幾個小廝進出，可是今日，中門打開，一身貴氣的主人卻是恰好來了。隨來的，還有個帳房模樣的主事進了門。

穿過一道牌坊和影壁，二人一前一後便到了外廳，小廝端來茶盞，他們抿抿茶，隨即揮揮手，將小廝打發出去。

主人是個三十多歲的英俊中年，尤其是一把山羊鬍子打理的叫人看得很是舒服。他抿著茶，臉色卻是差極了，將茶盞放下的時候氣沖沖地道：「到底拿了幾個人？之前爲什麼一點動靜都沒有？這個童貫當真以爲這邊鎮是他家的？」

那主事道：「侯爺息怒，眼下是一點消息都沒有，也不知怎麼的，邊軍說翻臉就翻臉，咱們的人去找了那個楊怡，那楊怡竟閉門不見。這傢伙吃了咱們這麼多好處，現在說變就變。現在各處關隘都在嚴查咱們的貨物，又拿了這麼多人，耽誤一天，橫山五族和金國的人收不到貨，到時候再打通關節，只怕就不容易了。」

被稱作侯爺的人冷笑一聲，道：「所以不能耽誤。」

主事道：「侯爺要不要給那童貫遞個條子？」

侯爺搖頭道：「不必，童貫既然查禁，肯定是嫌咱們給的好處少了，咱們的錢也不能白給出去，要給他點顏色看看。過幾日平西王不是要來嗎？平西王這人最愛錢引，你現在去籌措八十萬貫的錢引出來，本侯親自去拜會他，到時候自然會有人去收拾那個童貫。」

主事擔憂地道：「平西王此人喜怒無常……」

侯爺道：「這個本侯知道，不過這種小事就要李大人和成國公出面，豈不是教人小瞧了？你去辦吧，平西王算什麼東西？莫看他現在風光得意，出了邊關，就是咱們懷州人的天下。」

他說出這番話來，倒是氣度不減，顧盼之間已是躊躇滿志。

平西王確實要來了，原本童貫是要殺幾個人震懾一下，可是當聽到查抄出三尊火炮的時候，卻反而不敢動手了。那火炮明顯是工部流出來的，這麼大的事，天知道有什麼人參與？不如先把人扣留著，反正沈傲轉眼就到，再聽候處置就是。

不過沈傲的吩咐卻不能落下，許多的事都要張羅，比如供應校尉和馬軍司的糧草都要從各部邊軍那邊先擠出來挪用一下，還有接待的事宜也要謹慎一些，不要出了差錯。

整個邊鎮都忙活起來，從汴京往熙河的必經之路上，各處的軍堡都要知會。

雖說平西王來信說不要鋪張，可是不鋪張又不行，凡事自然謹慎些才好。

又過了四日，節氣變化得很大，前幾日還是冷風颼颼，現在又是烈日炎炎了，好在近來沒吹起什麼大風，否則這裡的大風揚起的塵埃，肯定要讓行路的人吃盡苦頭不可。

沈傲轉眼已經到了，隨他同來的，不過是五百個校尉，另外還有一萬多校尉和馬軍司的禁衛，則是落在後頭。

畢竟時間不等人，若是帶著軍馬，只怕沒有一個月也到不了這裡，等沈傲的騎隊出現在邊鎮的時候，一處處的軍堡立即派人報過來，童貫掐好了時間，在當日正午的時候帶著將佐們出城，足足等了一個多時辰，才看到遠處塵煙滾滾，轟隆隆的五百鐵騎簇擁著沈傲飛馳而來。

童貫打馬過來，將沈傲迎入城去。

來不及寒暄，童貫便揮退左右，低聲對沈傲道：「王爺，查到了一些東西。」

沈傲漫不經心地道：「什麼東西？」

童貫眼眸閃過一絲厲色：「火炮！」

饒是沈傲再如何鎮定，聽到這兩個字也著實嚇了一跳，火炮這東西不比弓弩、馬掌，原以爲這些懷州人販運些弓弩馬掌就是了，誰知連火炮都敢賣。更何況火炮只有京師的南北作坊才能製造，這南北作坊裡頭不但有宮裡的太監監造，還有工部、樞密院的人，也就是說，要想將火炮挪出來，掩人耳目是不可能的，除非這些懷州人有打通樞密

院、內宮、工部的能力。

內宮那兒，沈傲深信楊戩不會做出這種事，可是宮裡雖說是楊戩坐大，下頭的派系也是多如牛毛，楊戩兼顧不上也說得通。

工部倒也罷了，這樞密院居然也有人參與，就叫沈傲吃驚了一下，在大宋，門下省被人稱作政府，而樞密院則是稱作軍府，掌握軍中機要，與門下省平起平坐，別看平時樞密院從來不參與政務，大多數時候可有可無，可是能力卻是不小。

沈傲原本只是想叫童貫踢一腳，把李邦彥引出來，誰知引出來了這個。

沈傲冷笑一聲道：「膽大包天！」

童貫道：「那些人也拷問過了，火炮不是賣給西夏的。」

沈傲臉色更冷，道：「你是說，他們只是取道西夏，賣去給金國？」

童貫頷首點頭，道：「西夏那邊也有他們的人，商隊只要出了關就可以暢通無阻，眼下金國頻繁攻遼，遼國人仗著關隘據守，似火炮這樣的攻城利器，金人最是捨得出銀子，據說一門火炮，造出來也不過數百貫銀錢，可是送到金國那兒，價值至少是百倍之上，金人有的是銀子，缺的就是這個。」

沈傲倒吸了口涼氣，心裡想，這東西可比販毒的利潤大。三門火炮，就能賺來幾十萬貫，也難怪這些人鋌而走險。

童貫繼續道：「其實這些火炮對懷州人還算不得什麼，畢竟利潤再高，可是也運不出去幾尊。咱家估莫著，他們運這些火炮過去，是去向金國人輸誠，藉以交好女真人。畢竟對女真，各國都是防範的，各項東西都是緊缺，就是不缺銀子，若是把那邊的關節也打通了，這裡頭有多少好處就不必說了。」

沈傲細細一琢磨，也覺得是這麼回事，便低聲對童貫道：「懷州那邊有什麼動靜？」

童貫笑道：「邊鎮這兒，倒有一個知府給他們來求情，咱家叫人擋了，估計再過些時日，京師就會下條子來了。」

沈傲淡淡一笑道：「讓他們下吧，抓到的這些人，全部宰了，看他們怎麼鬧。童公公，這些人是你來殺還是本王來殺？」

他躍躍欲試地按住腰間的尚方寶劍，卻是一動不動地盯著童貫。

沈傲要殺，也不過是舉手之勞的事，現在就看童貫怎麼做，童貫若是肯親自動手，那麼說明此人以後可以完全信任。

童貫呵呵一笑，漫不經心地道：「王爺金貴之軀，殺這些豬狗豈不汙了手，咱家這就把他們拖去菜市口，全部斬了。這熙河好歹也是咱家的地方，是該做些事情給那些吃了豬油蒙了心的人看看了。」

童貫的語氣沒有絲毫的遲疑，沈傲不由欣賞地看了他一眼，這老狐狸倒是很會來事，人一殺，兩個人就坐在一條船上榮辱與共了。之前對童貫，沈傲還有些厭惡，後來到邊鎮走了一遭，漸漸地瞧上了他幾眼，如今對他只剩下欣賞了。

沈傲道：「這件事就交給童公公了，至於其他的事，本王現在也抽不開身來，明日就要出關，等本王什麼時候回來，再一個個收拾他們。」他咬了咬牙，又道：「這件事涉及到誰身上，本王就殺他全家……」

沈傲這句話可不是虛妄之詞，若是馬掌什麼的，最多殺雞儆猴一下，可是挨到了火炮，那就完全沒有任何餘地了。火炮到了金人手裡，所產生的影響實在太大，對大宋的危害可想而知。說得難聽一些，有朝一日若是金人滅了契丹南下，整個大宋血流成河、伏屍萬里，這些商賈和他們背後的人一個都脫不了干係。

這時候，沈傲慶幸地想，還好蔡京提點了一下，否則自己一個疏忽，天知道會變成什麼樣子？就算他有天大的本事，只怕這歷史的車輪，也不一定能夠改變。

童貫告辭出去，前頭有人過來，道：「王爺，宜陽侯求見。」

沈傲一時想不起這個人，只是那宜陽侯不老老實實地待在京師，跑這裡來做什麼？

沈傲沉默了一下，道：「請他進來。」

來人是個比沈傲年長些的青年，一身得體的衣衫，抱著一個木箱子，臉上帶著笑容，遠遠地過來便抱拳行禮，道：「小侯見過王爺。」

沈傲請他坐下，一邊抱著茶盞，一邊慢吞吞地道：「宜陽侯看著有些面生，高姓大名可以見告嗎？」

汴京城裡的公侯，和沈傲這廝打交道的不少，這宜陽侯還真是沒見過，也不知是開國侯還是外戚，沈傲心裡琢磨，這宜陽侯莫非也和懷州有什麼關係？

宜陽侯淡淡笑道：「鄙人彭輝，久仰王爺大名，一直尋不到親近的機會，這一趟來熙河，想不到竟是撞見。」

彭輝……沈傲大概知道了，這姓彭的也算是開國侯，據說先祖在太宗時期還追謚過郡王，不過家中早已沒落，算不得什麼大貴的人家。

沈傲淡淡一笑，道：「宜陽侯是無事不登三寶殿吧，說吧，什麼事？」

彭輝笑道：「只是送些薄禮，請王爺笑納。」頓了一下，又道：「八十萬貫錢引，王爺若是嫌少……」

沈傲聽到八十萬三個字，整個人就打起了精神，這年頭賺錢不容易，這筆錢當真不算少了。隨即呵呵笑道：「宜陽侯太客氣，這麼多錢，本王豈能收受？」目光卻直勾勾地落在宜陽侯抱著的箱子上。

彭輝呵呵一笑道：「王爺不必客氣。」說著，將箱子放在几案上，自顧自地坐下，端起茶盞道：「其實這一趟，小侯確實有一件事想請王爺搭把手。王爺是清貴人，和小侯不一樣，小侯的朋友在邊鎮做了點小生意，哈哈，糊口而已，誰知卻被邊軍拿了，那童貫一向不開竅，王爺是知道的，不過，那童貫也算不得什麼，閹人而已，邊鎮說話算數的還不是王爺？王爺若是能站出來說一句話，小侯感激不盡，將來還有孝敬。」

一次就是八十萬貫，夠闊綽！沈傲這麼多生意，一年只怕也賺不到這個盈餘，由此可見這宜陽侯的暴利有多少。不過話說回來，這八十萬貫只是送給沈傲的，若是沈傲肯站出來說話，往後邊關上的孝敬都可以裁撤掉，幾年下來，卻是不虧。

沈傲淡淡一笑，道：「侯爺的朋友都是什麼人？能不能給本王介紹一下？」

彭輝道：「王爺向那童貫一問便知。」

他心裡想，這沈傲一向視財如命，在鴻臚寺是如此，在泉州也是如此。據說在泉州，沈傲還弄出了個善堂來，明裡是說做善事，可是這些錢到底怎麼操作，還不是他平西王一句話的事？今日狠心拿出這麼一大筆錢，他也是沒有辦法，這一趟出關的東西實在干係太大，那三尊炮費了不知多少心思才弄出來的，更涉及到將來和金人的交道，若是順順利利，自然是一本萬利，若是不順利，還不知要靡費多少銀子去打通關節。

沈傲淡淡地道：「你說的，可是前幾日抓的一批懷商？」

彭輝故作驚訝地道：「原來王爺也知道？」

沈傲笑道：「他們膽子這麼大，本王豈有不知？」

彭輝倒是鎮定自若，從容一笑道：「正因爲事太大，所以才求告到王爺這裡來，以王爺的本事自然是舉手之勞。」

沈傲站起來，在廳中踱了幾下步，才道：「火炮你們是怎麼弄出來的？」

彭輝呆了一下，隨即乾笑道：「王爺恕罪，這等事小侯不能說的，王爺只要知道，這裡頭的干係很大就是。」

沈傲抿了抿嘴，笑了笑，走到彭輝身旁的几案邊，一把揭開錦盒，盒中密密麻麻一疊疊錢引露出來，雖沒有金銀那樣奪目，卻仍是散發著一股攝人心魄的誘人氣息。

沈傲將錦盒的盒蓋蓋上，用指節敲了敲盒子，慢吞吞地道：「這東西，本王要了。」

彭輝大喜過望。

沈傲繼續道：「至於你和你的朋友……」他冷冷一笑，隨即揚手一巴掌打在彭輝臉上。

「啪！」清脆俐落。

彭輝先是一呆，隨即腮幫子感受到火辣辣的疼痛，捂著腮幫道：

「王爺……你……你……」

沈傲將手縮回去，負著手，居高臨下地看著他，道：「回去告訴你背後的那些人，這批人，一個都別想活。至於這邊鎮的關口，你們也別再來了，要玩，小心把自家的命搭上，你們玩不起！」

沈傲冷冷地看著彭輝，最後才是冷然地吐出一個字：

「滾！」

彭輝捂著腮幫，想去抱那錦盒，誰知錦盒卻被沈傲一手按在桌上，要走，又不甘心。

這時候他也撕破了臉，道：「沈傲，你可知道小侯身後的是誰？」

沈傲淡淡一笑，道：「你可知道本王身後的是誰？」

彭輝呆了一下，問道：「是誰？」

沈傲按住尚方寶劍，道：「天子！」

彭輝吞了口吐沫，那從容的氣勢頓時變得失措，只好道：「好，我倒要看看，你能封關到什麼時候！」說罷，捂著臉逃之夭夭。

沈傲將錦盒拿起來，讓人將韓世忠叫來爲他藏好，笑嘻嘻地對韓世忠道：「收好了，這是本王的私房錢。」

韓世忠苦笑道：「王爺，既然不與他們爲伍，又爲什麼要他們的臭錢？」

沈傲板著臉道：「和不和他們爲伍是一回事，可是錢沒有臭的，本王爲何不要？早點歇了吧，明日還要出關。」接著打了個哈哈，揚長而去。

韓世忠搖了搖頭，苦澀地抱著這錦盒，也是乖乖回去歇了。

第二日清早，已有邊軍押著一干懷州來的商人到了菜市口，在許多人的注目之下手起刀落。邊軍殺人和衙門不一樣，沒有這麼多規矩，天高皇帝遠，宰了就是，說不定這些頭顱割下來，還可以拿去報功。

消息傳到沈傲這兒，沈傲只是淡淡一笑，對童貫那邊過來報信的人道：「告訴童公公，這只是開始，從此以後，但凡還有人敢帶這些東西出關的，都按這個處置。讓他不必怕，天塌下來也有本王頂著。」

接著便是收拾行裝，帶著五百校尉飛騎出關，向著草原的深處趕去。

三十多個懷商和主事全部砍了腦袋，那大宅子裡，一個人匆匆地把資訊報到彭輝這兒。

彭輝冷笑道：「沈傲真以爲這大宋是他一人說的算?不識抬舉的狗東西。」

一個主事小心地給他端了茶來，笑呵呵地道：「侯爺息怒，說不準徹查的事就是那

平西王授意童貫去做的也不一定，那平西王既然要和咱們爲難，咱們大不了走契丹那條路就是。」

彭輝搖頭道：「現在貨物都押在邊軍這兒，這至關緊要的東西不送過去，女真人會給咱們好臉色嗎？其他的都好說，最怕的就是這個。」

主事道：「實在不行，不如給京師去信吧。」

彭輝搖頭冷笑道：「不成，這點小事都做不好，豈不是教人笑話？你叫個人運幾車東西出去。」

主事嚇得臉都白了，苦著臉道：「侯爺，眼下風聲這麼緊，帶貨出去豈不是送死嗎？」

彭輝惡聲道：「本侯又沒叫你帶禁物出去，就運些尋常的絲綢和鹽巴就是，你出了關，去橫山那兒，眼下不是西夏國主駕崩在即嗎？這平西王早被西夏國族嫉恨了，橫山五族那邊肯定會有動靜，在關外咱們還有一批貨，就送給他們，除掉沈傲，一個小小的童貫也就不在話下了，童貫也就是在邊鎮這兒能作威作福一下，到了京師，他屁都不是。」

主事聽了，略帶遲疑道：「這事兒要不要和公爺他們商議一下？」

彭輝搖搖頭道：「不必，我自有主張。」

主事只好點頭道：「小人這就去做，只是眼下的生意怎麼辦？」

彭輝氣呼呼地道：「還能怎麼辦？只能想辦法往契丹那邊走，火炮的事再等等吧，叫個人去女真那兒，告訴那邊的朋友，就說我們這裡遇到了一些麻煩，請他們擔待一下。」

故地重遊，邊關之外已經是另一番氣象，從前還是一片荒蕪，現在沿途放眼過去卻是一路的商人，更遠處，還可以看到西夏的牧民趕著牛羊出來，一些宋人也在商隊的必經之路上設立了茶棚，專供商旅喝茶解乏。

雖然只是小小的變化，可是在沈傲看來，卻是改變的開始，宋夏邊境的肥沃土地足有千里之多，卻因為戰爭而荒廢，若是能徹底解決西夏，那麼這裡的變化會一直持續下去。

五百騎隊日夜不歇，只是中途紮營休整了兩個時辰便繼續前進，打頭的仍是童虎，童虎已不是第一次出關，這次卻最是輕鬆，彪悍地騎著馬，帶著七八個人在前策馬開路，若是遇到了茶棚，他們便先下馬在茶棚中歇一歇，等後隊過來。

沿途上，偶爾也會撞見一些西夏商人，西夏商人聽說是平西王的隊伍，竟是攔住路要來見禮。

這些西夏商人漢人居多，沒有沈傲，就沒有這來之不易的邊貿，自然對沈傲感激不盡。再者明眼人都知道，沈傲早晚要掌握西夏政權，大家都是漢人，心裡便透著幾分親近。

眼看就要到龍州，前頭一隊商隊卻是出來攔住童虎的隊伍，說是要面見平西王。這幾個商人都是一臉的焦灼，想來有什麼事要稟告，童虎便策馬回程去通報。

過了一炷香，沈傲打馬過來，打量了幾個商人一眼，都是一副漢人裝扮，衣衫也都十分得體，後頭帶著幾個小廝拉著駱駝，駱駝上也不知裝了什麼貨物。不過商人的身分確實是無疑的了。

沈傲翻身下馬，向幾個商人抱個拳：「諸位要見本王，可是有什麼話要說？」

爲首的一個矮胖商人道：「王爺可是要去龍州？」

從熙河到龍州算是最近的路，沈傲頷首點頭。

矮胖商人道：「王爺，我們也是剛從龍州來的，要過熙河到西京去販賣皮草，出來的時候，發現龍州有些異樣，因此特來報個口信，好教王爺小心。」

沈傲請他們到路邊，幾個校尉搬來了石頭，大家分別坐下。那矮胖商人繼續道：

「昨天夜裡，龍州不知是怎麼的，城中的邊軍突然緊張起來，連城門也加強了警戒，不止是如此，按理說，王爺既然要來，肯定要預備招待一下，可是龍州府衙門卻是一點動靜都沒有，倒是聽說龍州府知府和邊鎮的軍使似乎是吵鬧起來，到了後來，衙門四周便出現了不少邊軍。」

沈傲沉起眉來，問道：「還有別的什麼消息？有沒有龍興府的消息？」

矮胖商人搖頭道：「這個倒是不知道，只知道龍州那邊看上去和平時不一樣，邊軍和隨軍都是枕戈以待的樣子。」

沈傲心下有了計較，邊軍大多是國族組成，而隨軍是漢軍，城中的軍使是國族，說不準還是那個也力先，可是知府肯定是漢人，這個風口浪尖吵起來，說不準就是爲了自己的事。這龍州，還真有幾分龍潭虎穴的味道。

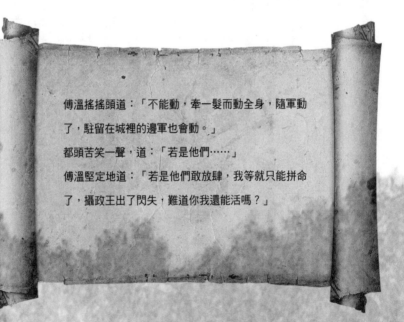

第八十六章　牽一髮而動全身

傅溫搖搖頭道：「不能動，牽一髮而動全身，隨軍動了，駐留在城裡的邊軍也會動。」

都頭苦笑一聲，道：「若是他們……」

傅溫堅定地道：「若是他們敢放肆，我等就只能拼命了，攝政王出了閃失，難道你我還能活嗎？」

龍州城一下子成了整個西夏的焦點，但凡知道點內情的人都曉得，從橫山和龍興府送信的使者一日至少有三四趟之多。

而這些信箋，有的交到了知府衙門，有的則是送到了軍使衙門。消息斑駁混雜，誰也不知龍興府發生了什麼事，可是攝政王轉眼就要到，卻是各家站隊的時候。

龍州知府傅溫是鐵了心迎平西王的，這幾日一直和那隨軍指揮商議，也多次下到軍使衙門這邊要籌措迎接事宜。可是軍使也力先卻還在搖擺，與傅溫的熱情相比，他的態度冷淡得多。

也力先和沈傲打交道也不是一次兩次，對沈傲說不上好壞，雖說曾經有過衝突，可是也力先也不在意。不過他畢竟是國族，也力先自然明白，一旦這攝政王去了龍興府，將來必然要掌握西夏軍政的。到了那時，這西夏只怕是漢人的天下了。眼下不少人已經傳遞出消息來，都是勸他趁機誅殺沈傲，還政國族。

這麼做的風險可想而知，也力先也不是蠢物，可是不殺，又覺得對不起自身流淌的血液，對不起自己的族人。再者邊軍很多人已經躍躍欲試，沈傲手裡的血債大家都記得，前來說項勸說也力先下定決心的故舊好友也是絡繹不絕。

軍使衙門裡，十幾個邊軍的將佐彙集在一起。大家七嘴八舌，有的拍著桌子大叫不殺沈傲大夏必亡，有的痛哭流涕，說自家的兄弟在龍興府，便是遭了這沈傲的毒手。還有些人默不作聲，都是偏向國族這邊。

也力先臉上陰晴不定，他慢吞吞地道：「這一次，據說攝政王帶來了五百校尉，再加上城中一萬隨軍，咱們邊軍只有八千餘人，怎麼殺？」

「左右是沒有活路，不如先宰了那知府傅溫，這些南蠻子，沒一個好東西，宰了他們，再剷除了隨軍，那沈傲入了城，要殺他還不是屠狗殺雞一樣容易？」有人喧囂道。

「先對隨軍動手，若是內廷當我們是作亂造反……」

「怕個什麼？我們是國族，是元昊的子孫，是清君側！」

也力先搖頭苦笑，要除隨軍，現在也已經遲了。

眾人見他不樂意，便有人掀翻桌案站出來，道：「也力先，你還是不是咱們國族的漢子，眼下國族覆亡在即，你還猶豫什麼？」

「連烏刺領盧身爲國丈都肯大義滅親，難道將軍連這個都不敢嗎？」

烏刺領盧……提及這個人的時候，眾將都是面容一肅，這人在西夏的威望想必極高。

也力先嘆了口氣，卻是一句話都不肯說。西夏的部族散落在各地，這些部族的酋長也都傳了信過來讓他殺沈傲，偏偏這麼眾口鑠金，反而讓他更是不安。

眾說紛紜的時候，外頭有個邊兵在外頭求見，也力先從將佐的逼迫之中抽出身來，

道：「進來。」

傳信的邊兵道：「軍使大人，隨軍有了動作。」

「動作……」也力先整個人如受驚的山貓一樣緊張起來：「什麼動作？」

「隨軍集結了起來，連大營都關閉了，還有知府大人帶著差役急匆匆地趕去南門。」

「攝政王來了……」也力先閃出一個念頭，忍不住破口大罵：「那傅溫比泥鰍還要圓滑。」

將佐們也都急了，催促道：「請軍使大人下令。」

也力先陰沉著臉道：「下令什麼？隨軍待在營中，若是我們出城襲擊沈傲，他們必然裡應外合。可要是我們在城中動手，一面要防備隨軍，一面又要對付五百校尉，哪裡還能抽出人手？召集人馬，都隨我到南門去，若是有機會再動手不遲。」

也力先抱著走一步看一步的心態，心裡也緊張到了極點，富貴榮辱甚至是身家性命都在一念之間，一步踏錯，就再沒有選擇的機會了。

也力先一聲令下，將佐們卻都是大喜過望，各自回營去調動了軍馬，除了一部分用來監視隨軍，足足兩千人由也力先引著，飛馬朝南門那邊去。

城門洞已經大開，靠近門洞裡側，龍州知府傅溫坐在一個小棚子裡，這棚子明顯是臨時搭建的，裡頭有桌椅，也有茶水，他穿著官服，慢悠悠地靠在椅上，一副氣定神閒的樣子，可是心裡卻早就翻江倒海了。

眼下的情況他知道，就連楊振楊大人給他的私信裡都說得明明白白，不容有誤，西夏漢官的命運，竟在這個時候落在他這個四品知府的身上，這是傅溫此前萬萬沒有想到的。

也力先的態度，他不是不知道，也知道邊軍那邊怎麼想，從前沒有沈傲的時候，邊軍和隨軍各安本分，也沒有什麼衝突。可是自從沈傲做了議政王，自從龍興府無數人頭落地，龍州就已經成了是非之地，國族和漢人之間，邊軍和隨軍之間，不知滋生了多少摩擦。從前漢人被欺負了也不敢吱聲，現在不一樣了，所以在國族眼裡，漢人們已經越來越不服管教。而在漢人眼裡，卻突然發覺國族也不過如此。

傅溫身爲知府，夾在矛盾之間，也都是和了稀泥過去。可是這一次不同，這一次不能和稀泥了，平西王即刻就到，拼了命，也要確保他的安全。

隨傅溫過來的，是知府衙門的上百個差役，蚊子小也是肉，若是等下有了衝突，至少還可以多幾個幫手。隨軍那邊是不能動的，隨軍的戰力與邊軍比起來實在不值一提，只有閉門不出，牽制住一部分邊軍即可。剩下的，就只能看攝政王了。

傅溫端起茶盞喝茶的手忍不住顫抖一下，龍州只是攝政王經過的第一個西夏州府，

就算這一次僥倖過去，能不能平安抵達龍州，卻還是未知數。表面攝政王一人之下萬萬人之上，可是要去那龍興府，卻又不知有多少險阻。

正在胡思亂想的時候，一個差役飛奔過來，道：「大人，軍使來了。」

差役壓低了聲音：「足足帶來了兩千多人，大人，會不會……」

這差役臉上也寫滿了焦灼，身在公府，這裡頭的干係他豈能不明白，一邊是要保住攝政王，一邊是仇人相見，場面一旦失控，或有人居心不軌，就是天大的事。

傅瀘淡淡一笑道：「知道了。」

果然，大隊的邊軍烏壓壓的出現，從街頭一直到街尾，看不到盡頭。

打馬在前的是也力先，身後是一個個披甲的將佐，殺氣騰騰。

也力先看了看拱衛在城門洞的差役，再看了棚中的傅瀘一眼，朗聲道：「來人，護住城門，保護攝政王安全。」

「遵命！」一聲令下，隨著邊軍們一陣吆喝，數百名邊軍從也力先身後湧出來，提著長槍大刀，將差役們擠到一邊，將整個門洞控制在自己手裡。

坐在棚中的傅瀘臉色不變，在棚中朗聲道：「軍使大人也是來迎攝政王的嗎？」

也力先騎在馬上卻不肯下來，回應道：「這是自然，知府大人能來，我也力先也能來。」

傅溫便不做聲了。

南門這裡，肅殺之氣十足，誰也沒有說話，被擠到一邊的差役只好撤到棚子這邊，拱衛傅溫的安全。

一個都頭鑽入棚中，低聲對傅溫道：「大人，國族來意不善啊，要不要動隨軍？」

傅溫搖搖頭道：「不能動，牽一髮而動全身，隨軍動了，駐留在城裡的邊軍也會動。」

都頭苦笑一聲，道：「若是他們……」

傅溫堅定地道：「若是他們敢放肆，我等就只能拼命了，攝政王出了閃失，難道你我還能活嗎？」

都頭原本心裡不安，看到傅溫如此，倒是安下心來，讀書人都不怕，自家又有什麼怕的。於是重重點頭道：「大人放心，一旦衝突起來，小人也是敢拼命的。」說罷從棚子裡鑽出來，與幾個差役竊竊私語。

差役都不禁喉結滾動，真要他們去和這些邊軍拼命，真和送死差不多。心裡雖然畏懼，可是傅大人氣定神閒地坐在裡頭，他們也只能硬著頭皮在這裡等著。

正在這時候，大地突然顫抖起來，隆隆的馬蹄聲由遠及近。城樓上有人叫道：

「攝政王來了！」

傅溫打起精神，從棚中鑽出來，朝都頭道：「擂鼓迎接攝政王。」

都頭立即去知會鐘鼓樓。西夏迎客與大宋不同，迎客擂鼓，送客吹號，和行軍打仗一樣，而且這擂鼓也有區分，若是連敲十三下，便是迎接聖駕，若是連敲十一下，則是王侯，按著客人的貴賤一路遞減下去。

邊軍也頓時變得肅然起來，也力先的將佐一個個按住了腰間的刀柄，目露凶光，鼓聲隆隆響起，彷彿是衝鋒的先兆，莫說是他們，就是也力先熱血也沸騰起來，原先還有幾分閃爍的眼眸裡，霎時閃出殺機。

「迎接攝政王！」也力先抽出腰刀，坐在馬上向前一指，門洞前後的邊軍已經作勢欲撲，而也力先身後的邊軍也紛紛刀槍出鞘，烈日之下，刀槍劍戟鋒芒畢露。

地平線上，一隊隊騎軍轟隆隆地出現，沈傲打馬在前，開始放緩馬速，身後的騎軍速度也漸漸放慢，童虎越眾而出，按著儒刀，警惕地看向龍州，道：

「王爺，有古怪，卑下先去看看。」

沈傲抿著嘴，臉色冷峻，那門洞裡外明顯可以看到刀兵肅殺，一個不好，就可能引發衝突。

沈傲搖搖頭道：「本王先去，你們都跟著，若是有人膽大包天，全部聽本王的命令。」

五百個校尉一起呼喝：「遵命。」

沈傲選擇一馬當先並不是沒有道理，漢藩之間，已經是勢不兩立，若是自己示弱，反而會激起對方的勇氣，趁著他們還有幾分畏懼，自己或者可以憑著幾分氣勢去鎮住他們。這就是人的心理，勇氣和懦弱只在一念之間，就看誰更有勇氣了。

沈傲策動著戰馬，高呼一聲：「隨本王進城！」

戰馬疾馳，隨著沈傲飛快衝入，越是靠近城池，越是清晰可見門洞之中的刀兵，那寒芒陣陣的刀槍隱隱散發著鋒芒。烈日之下，是一張張怒目而視的臉。沈傲毫不猶豫，踏馬越過門洞，甫一入城，城內的景象豁然開朗。

放眼過去，兩千多個邊兵已經組成了陣隊，肅然而立。當校尉們盡數衝過門洞時，門洞兩側的邊兵立即將門洞堵住，前後左右，人頭攢動。

在前隊隊首打馬而立的是也力先，也力先披著盔甲，乍眼看到沈傲時略有幾分恐慌，好不容易鎮住心神，不自覺地一手按著馬韁，一手扶向刀柄。

沈傲四顧一下，心裡想，今日莫非要栽在這裡？今日算是秀才遇上兵了。越是這緊張萬分的時刻，他越是冷靜，這種良好的心理素質，是十幾年的大盜生涯和穿越之後磨礪出來的。

沈傲淡淡一笑，微微抬起下巴，坐在馬上，略帶幾分從容和威勢。一雙眼睛瞇著，盯著也力先笑道：「本王原來有這麼大的面子，要這麼多人來迎接？」

校尉們也有幾分寒意，聽到沈傲這句話，熱血沸騰，都是呵呵一笑。身後的童貫儘量向沈傲靠近，一臉警惕。

這時，龍州知府帶著差役排眾而處，走到沈傲馬下，鄭重行禮道：「下官龍州知府傅溫恭迎攝政王王駕。」

沈傲坐在馬上，含笑道：「辛苦傅大人，傅大人不必多禮。」

沈傲的目光仍然沒有離開也力先，對也力先朗聲道：「也力先，爲何不來見本王，難道你怕了嗎？」

也力先坐在馬上，如坐針氈，一時也猶豫不定，原以爲這時候沈傲會有所畏懼忌憚，誰知卻是這般呼來喝去，偏偏這呼聲有一種不容人拒絕的聲勢，那原先鼓起的幾分勇氣在這時候消耗殆盡，遲疑了一下，翻身下馬，卻不行禮，只是道：「王爺。」

沈傲壓下眉，怒道：「知道本王是王爺，爲何不跪？」

也力先手足無措，身後的將佐也是呆了一下，面面相覷。人後，他們恨不得生啖沈傲血肉，可是臨到頭來，卻是猶豫起來。

也力先呆立了一下，跨前一步，乖乖地跪下道：「卑將也力先恭迎攝政王王駕。」

沈傲不再理會也力先，目光越過也力先，落在一干將佐身上，似笑非笑地看著他們，等待他們的抉擇。

一個將佐鬆開了腰間的刀兵，跨前一步道：「卑將恭迎攝政王王駕。」勇氣會傳染，可是懦弱也會傳染，有了也力先起頭，後頭稀稀落落的將佐紛紛跨前，單膝跪倒：「恭迎攝政王王駕。」

沈傲呵呵一笑，整個人輕鬆起來，坐在馬上傲然道：「免禮。」

這一場刀兵之禍，誰也不曾想到會是這樣的結果。沈傲心裡鬆了口氣。

誰知這個時候，一個邊兵突然赤紅著眼睛大喝一聲：「南蠻子殺我兄長，此仇不報誓不爲人。」說罷，挺著長矛，朝著沈傲疾步衝刺過來。

這個變故是誰都不曾想到的，好不容易克制住的氣氛，居然被一個小小的邊兵破壞殆盡。

這邊兵挺矛衝到沈傲馬前不到一丈，身後的校尉已經躍躍欲試，童虎一馬當先，鏗鏘一聲抽出儒刀，大喝一聲：「誰敢傷平西王？」飛馬衝過去，手起刀落。

只看到儒刀劃過一道半弧，破風的長刃嗤的一聲一個漂亮的旋斬，這邊兵瞬息之間身首異處，頭顱飛出一丈開外，一具身軀慢慢委頓下去，直到那長矛磕在了地磚上，失去了首級的身體仆然倒地。

血氣蔓延開，待那長矛磕地的聲音落下，整個門洞落針可聞，所有人的眼睛都落在這身首異處的邊兵身上。

邊軍們原本溫順下來的眼眸霎時又變得瘋狂起來，人一旦見了血就變成了野獸。那一雙雙殺機騰騰的眸子最後落在沈傲身上。

就連也力先這時也站了起來，戒備地按住了腰刀，帶著將佐向後退了一步，不懷好意地看向沈傲。

沈傲心裡叫糟，臉上卻是從容地道：「本王乏了，入城。」

「且慢！」若說先前的也力先是懦弱的，可是這一刻，看到自己的族人飲血，整個人的氣質煥然一新，一雙眸子勾住沈傲道：「王爺不要解釋一下？」

不需要也力先下令，許多邊軍已經不自覺的挺著長矛、大刀跨前一步。

校尉們座下的戰馬已經預感到了危險，都不禁焦躁起來。

沈傲安撫著座下的戰馬，冷然道：「宵小之徒行刺本王，現在已經伏誅，也力先將軍要的解釋是這個？」

也力先大笑道：「王爺，卑將得罪了。」他翻身上了馬，整個人大吼一聲：「國族的男兒聽令。」

邊軍們頓時瘋狂起來，一起大吼：「宰了他，報仇……」

也力先看向沈傲，仍然沒有看到沈傲的恐慌，心下已經躁動了，冷然道：「大夏是我國族的，國族不能封王，異族豈敢？」

校尉們已經做好了戰鬥準備，所有的戰馬彙聚到一起，童虎執著染血的儒刀，護在沈傲身前，大吼一聲道：「敢傷王爺的，殺無赦！」

「遵命！」校尉一齊爆發出大喝。

馬下的傅溫臉色大變，高呼道：「也力先，你好大的膽子，你可知道……你這是謀逆造反嗎？」

只是他的話，誰也沒人有心思計較，傅溫身後的差役將傅溫拱衛住，預備廝殺的低吼已經清晰可聞。

沈傲抽出腰間的尚方寶劍，心裡想，就算是死，老子他娘的也要死得有型一些，但願後世的史書之中不要添上一筆：沈傲者，汴京人也，初爲僮僕……入夏，至龍州，夏軍嘩變，斬爲肉泥。

想到這肉泥兩個字，沈傲突然胃部有些翻滾，清早的肉餅粥幾乎要吐出來。

雖是亂七八糟地想著，可是想到龍興府的淼兒和尚在母體中的孩子，沈傲勇氣倍增，猶如不可侵犯的殺神，大呼道：「誰敢犯上作亂，殺無赦！」

也力先咬著唇，長刀前指，所有人都在等待，等待他一聲號令，他的血氣在體內急

速流轉，彷彿這一刻，元昊大帝的靈魂依附在他的身上，他突然想起一些腐儒的話：

「奉天討賊，赴難靖國。」

正是這個時候，附近的街道處卻傳來凌亂的腳步聲，失控的人都不由朝著聲源看過去，只見街頭街尾，竟有黑壓壓的人簇擁過來，人數越來越多，越來越密集，一眼看不到盡頭。

這些人浪匯聚成起伏的波浪，人潮湧動之中，可以分明看到一張張憤怒的臉。

一個……兩個……一千……一萬……五萬……到了最後，誰也分不清來了多少，四面的街道已經堵得滿滿的，有人提著木棒，有人拿著扁擔，還有拄著拐杖的老人，還有一些甚至是提著木劍的少年。

有人在人群中大吼：「迎攝政王。」

瘋了一樣的人潮大吼：「攝政王萬歲！」

幾個窮酸的文人夾雜在人潮裡，大叫道：「攝政王奉天監國，誰敢傷他一分一毫，人人得而誅之。」

爆吼聲衝破雲霄，凌亂擁擠的隊伍嘩啦啦的到了邊軍的外圍，前頭的人跪下：

「攝政王千歲！」

後頭的人擠不進去，只好在外圍大吼：「哪個要傷攝政王，誰要造反，朗朗乾坤，豈容宵小恣意胡爲，殺反賊了！」

「殺！」

這些從前老實巴拉的順民聚到了一處，一下子變得狂暴起來，萬千人吼出來的喊殺聲，一浪蓋過一浪，聲震九天之上。

一個讀書人排眾出來，高聲道：「讓一讓，讓一讓，小生去和攝政王打話。」

讀書人雖然酸了一些，自命不凡了一些，可是這時候，大家卻是信服無比，生生的擠出了一條道來。

這讀書人附庸風雅的甩著一柄摺扇，也不知是從哪裡淘來的，酸溜溜的從人潮中出來，前頭是一隊隊的邊兵也凜然不懼，朝那些國族邊兵叫道：「小生受龍州父老所托，要和攝政王打話，你們快快讓開，怎麼？要造反嗎？」

他這一句要造反很是自信，換做是從前，都是國族朝他們嚷嚷這句話，此時此刻，卻是換了個位置。

堵住書生道路的邊軍猶豫了一下，看到身後黑壓壓的人潮何止十萬，最終還是洩了氣，紛紛讓出了一條道路。

這讀書人從容地走到沈傲馬下，鄭重地行禮道：「學生潘石梅代表十萬龍州父老，恭迎攝政王王駕。」

龍州乃是大府，靠著宋境，因此漢人的比例也是最高。這幾年聽說兩國互市，早有大批的漢商帶著人到這裡開拓，因此人口劇增。

早在幾日之前，所有人就感覺不對勁，龍興府傳來的消息越來越壞，越來越多人知道當今國主已經支撐不了多久。坊間的流言瞬間擴散開來，李乾順垂危，儲君未出世，攝政王再不來主持大局，這西夏只怕還要回到老樣子去。

國族欲除沈傲而後快，漢人也同時被逼到了牆角，這些年李乾順親政之後，漢人才漸漸地過得好一些，如今沈傲更是讓所有人看到了希望，狄夷之君再好，也是有極限，倒不如讓自家人上。

邊軍的動作，誰都知道，所以今日看到這兵馬調動，所有人都嚇得藏起來，雖然知道這些邊軍是要去做什麼，可是大部分人還是懦弱的。

偏偏在一個小酒肆裡，這叫潘石梅的書生喝了一些酒，大膽地議論起國事，再之後慨然振臂一呼：「攝政王不能繼大統，我等難道還要再回去先帝朝嗎？」

所謂先帝朝，便是李乾順父親在位的時候，那時候，國族享有諸多特權，漢人受到種種限制，連年的徭役和盤剝連三餐都不能相繼。這潘石梅大叫一聲，酒肆中竟有不少人跟著附和起來，連酒肆的小廝也都砸了桌椅，一行數十人衝了出去。

這些人一到街上，呼喝幾聲，沿街所過之處，一戶戶門打開，便有更多人衝出來，結果人群如滾雪球一樣越聚越多，一些人更是砸門去呼朋喚友，人的勇氣本就是依靠著人數多寡而定，一看外頭到處都是人，立即取了棍棒衝出來。

「迎攝政王去嘍。」這一句話從四面八方喊出來，連帶著女人拉扯漢子不許出去的聲音，再就是漢子打婆娘順道咒罵你這婆娘懂個什麼的叫喊，一條條街道到處湧出了人潮。

沈傲看到人群攢動，心裡說不出的驚喜。他騎在馬上，對潘石梅道：「免禮。」最後將目光落在面如土灰的也力先身上，傲然道：「也力先，你方才說什麼？」

也力先僵在馬上，看到許多邊軍已經露出畏懼之色，區區兩千人面對五百校尉和十數萬男女老幼，雖說許多人手無縛雞之力，可是勝負已經注定。沈傲只要揮揮手，一人一口吐沫都可以將他們淹死，便是現在當即治他們一個謀逆，他們也無話可說。

也力先艱難地道：「王爺……」

沈傲冷笑道：「狗東西，就憑你也配坐在馬上和本王說話？」

「全部下馬！」人潮一起呼喝：「狗東西都下馬！」

也力先又羞又怒，正在考慮是不是放手一搏，可是這必敗的局面讓他生出寒意。若說戰場上馬革裹屍也就罷了，至少還有個追諡和封賞，可是若死在這裡，不但是個謀反的罪名，只怕以沈傲的手段，連家人都不能保住。

也力先咬咬牙，最終垂下頭去，翻身下了馬，一直走到沈傲的馬前雙膝跪下，重重地磕頭道：「王爺，卑將知錯。」

沈傲不屑去看他一眼，那不可一世的國族，也不過是狐假虎威之徒罷了，什麼元昊子孫，狗屁不如。

沈傲森然地望向邊軍，道：「怎麼，還有人要造反？」

邊軍們頓時手足無措，若說也力先不肯屈服，或許還能激發他們的鬥志，現在也力先卻已乖乖地跪地，他們更是一個字都不敢說。

一柄柄刀槍落地，傳出清脆的響動，接著是邊軍屈膝拜倒，朝著沈傲方向屈服。

沈傲坐在高頭大馬上，居高臨下地看著這一幕，冷哼一聲，道：「入城！」

「攝政王入城，大家讓出一條道來。」潘石梅賣力大喊。

人潮生生擠出只能容一人通過的道路，沈傲策馬慢慢過去，在人山人海的歡呼聲中，猶如凱旋而歸的大英雄。

突然，沈傲勒住馬，朝後頭的童虎高聲道：

「方才那行刺本王的人不能繞過，誅三族，把他的家人全部深挖出來，拉到城門處全部殺了，不要客氣。」

童虎應命。

邊軍們聽了，心裡滋生出屈辱和憤怒，可是這一跪，什麼勇氣也煙消雲散，再加上沈傲的手段殘酷，動不動就是禍及全家，誰還敢亂動？

沈傲的字典裡，從來沒有「妥協」二字，尤其是這個時候，自己和國族早已勢不兩立，若是放過那邊兵的家人，最後也落不到什麼好。既然如此，爲了震懾這些人，沈傲的選擇只有一個，比敵人更凶殘，比他們的手段更俐落。

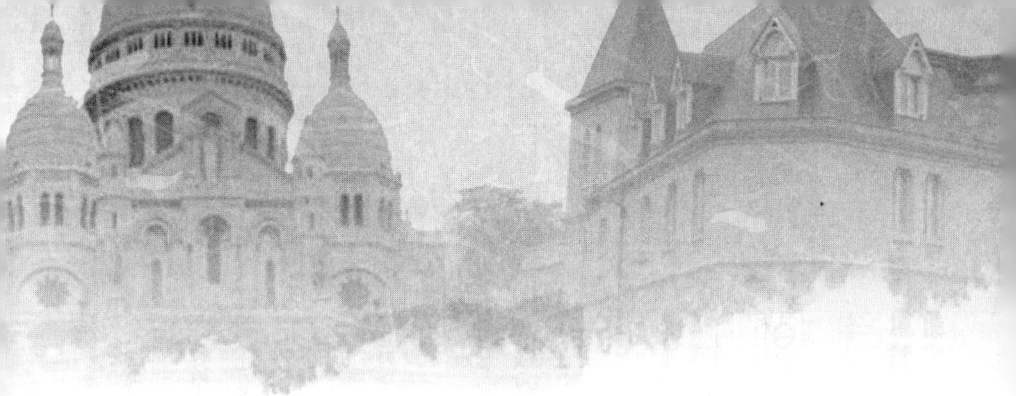

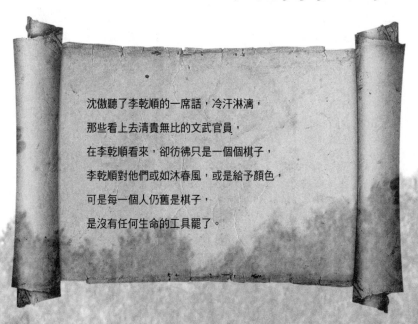

第八十七章 政治棋子

沈傲聽了李乾順的一席話，冷汗淋漓，
那些看上去清貴無比的文武官員，
在李乾順看來，卻彷彿只是一個個棋子，
李乾順對他們或如沐春風，或是給予顏色，
可是每一個人仍舊是棋子，
是沒有任何生命的工具罷了。

西夏皇城的暖閣裡，李乾順躺在病榻上已有十幾天，這十幾天，有時清醒，有時又支撐不住暈倒過去。每一次清醒過來的時候，他都顯得異常的堅毅，立即傳召親近的大臣入宮，重要的國事一刻都不敢耽誤。

快到六月初的時候，天氣已經異常的炎熱，李乾順的病榻上仍然墊著褥絮。今日他的氣色好了一些，吃過了藥，便催促懷德去將楊振叫來。

幾個隨時要受命入宮的臣子都是做好了準備，以備李乾順不時傳召，所以消息傳到楊振那邊，楊振連轎子都不坐，一把老骨頭騎著駿馬，飛馳入宮。

「攝政王到了哪裡？」

「陛下，最新的消息，已經過了龍州，若是不出意外，再過七八天便可抵達。」

「七八天……」李乾順躺在病榻上顯得有些焦躁，喃喃道：「快了，快了……」

楊振道：「陛下，在龍州，攝政王出了一點事。」

李乾順不由地警惕起來，道：「你說。」

楊振便將最新得來的消息一一說了，最後道：「幸好攝政王民心所向，否則後果不堪設想，陛下，是不是派一隊明武校尉前去迎接攝政王？」

李乾順冷哼一聲，道：「也力先好大的膽子，朕待他不薄，他也要和那些人胡鬧？」接著繼續道：「也力先粗中有細，絕不是個糊塗鬼，若是沒有人授意，不是龍興府暗中有人給他傳遞消息，他沒有膽子做出這等事。」

他整個人像是煥然一新一樣，變得精神奕奕起來，臉上染上了一層紅暈，道：「這些人，到時候自然有攝政王去收拾，朕管不動了。迎接的事就不必了，龍興府更重要，不能讓逆臣賊子們鑽了空子。攝政王將來要監國，要臨朝，要君臨四海，若是連這點宵小之徒都壓不住，便是死了，朕也無話可說。」

李乾順艱難地動了動身體，繼續道：「朕是孤家寡人，朕死之後，還要靠攝政王來扶棺送葬。可若是攝政王有什麼不測，楊振，你立即叫人將朕的屍首尋個偏僻的地方草葬了，朕不能落在那些逆賊的手裡，就是死，朕也不能爲人所辱，你明白嗎？」

楊振垂淚道：「攝政王若死，老夫安葬了陛下，便隨陛下一道去。」

李乾順淡淡一笑，倒是不勸阻，以他的心機，當然明白楊振落在那些人的手裡會是什麼下場，自刎已經算是最好的結果也不一定。

他繼續道：「龍興府近來有什麼動作？」

楊振道：「烏刺領盧那邊送出去許多信使，微臣原以爲，領盧大人畢竟是公主的外公，不管怎麼說，心裡都該是向著公主殿下的，可是近來卻發現了異常。」

李乾順深邃的眼眸透出幾絲無奈：「還有人不甘心啊，由著他去吧。」

楊振重重點頭道：「還有一件事，橫山五族那兒似乎也有些異動，金人已經派出了

使者，向我西夏借糧草三十萬擔，鎧甲、西夏刀、戰馬各一萬，此外還要旋風炮一百。如今他們咄咄逼人，已是圖窮匕見了，陛下，微臣不敢草率處置，還請陛下聖裁。」

李乾順冷笑一聲，道：「女真人打的好算盤。」

女真人的居心，李乾順又豈能看不透？眼下西夏大亂在即，他們突然提出如此苛刻的條件，便是要將西夏逼入了一個死局，若是舉國籌措出這些糧草軍械來，對西夏是雪上加霜，可是對女真卻是如虎添翼。可若是西夏不准，便恰好給了女真人干涉的口實，新仇舊恨，正好一併趁機和他李乾順算一算。

李乾順舔了舔乾癟的嘴唇，整個人變得精明無比起來，道：「攝政王入龍興府之後，讓他來處置。」

楊振愕然道：「陛下，攝政王與女真人……」

「你不必再說，朕意已決，大宋占了我西夏的便宜，朕這一趟也不能吃虧。」他彷彿占了天大的便宜一樣，大笑起來，笑聲伴隨著一聲聲乾咳，不知是喜悅還是難受。

楊振頓時醒悟，心裡想，陛下的心思果然高明，把這事情甩給了攝政王，若是願意交出這些糧草軍械，西夏一時籌措不出，這攝政王身爲大宋平西王，無論如何也得從大宋那邊抽調一些。大宋看在平西王的面上還會不肯？可要是戰的話，女真人若是大舉南下，西夏內憂外患，早晚慘遭塗炭，作爲大宋的西面屏障，再加上平西王的干係，大宋必然出兵，以大宋的謹慎，若是二三十萬邊軍北進，與三十萬夏軍會合，再聯絡契丹、吐蕃起兵二十萬，金人的目標一直都是契丹，豈肯傾國與西夏決戰？說不定知難而退也不一定。

這裡的關鍵，仍然是攝政王，若是陛下拿了主意，大宋未必肯全力配合，可要是攝政王拿的主意，卻又是另外一件事了。

楊振忍不住淡淡一笑道：「陛下聖明。」

從龍州出發，繼續朝龍興府前行，一路所過的州縣，沈傲還未到達，龍州的消息就已經傳遍。

於是一路過去，各地的知府、知縣都學聰明了，直接讓差役放出消息，等攝政王到的時候，歡迎的人便是人山人海，只是他們帶來的不是鮮花，卻是棍棒和扁擔、板凳等大殺器。不知道的人，還以爲是發生了暴動，連沈傲見了都不由搖頭，真真是暴民何其多也。

如此一來，國族們才意識到自己勢單力薄，在那如潮的漢民面前，原來他們是這樣的不起眼，有了誅三族的先例，雖然也有人來信叫他們做一些動作，最後都是無疾而終。

沿著沙漠邊緣一直前行，終於到了水草豐美之處，沈傲一路沒有耽擱，每日只是休息三個時辰就繼續出發，這麼做，還是童虎提出來的。國族勇士不少，若是給他們組織起來的時間，再來個半途劫殺，五百校尉未必能躲過。

要讓國族無機可趁，唯一的辦法就是比他們更快，讓他們沒有集結人馬的時間，所以原本預計五六日抵達龍興府，如今卻是大大的縮短了時間，到了第三日傍晚，終於看到了龍興府的輪廓。

那巍峨的城牆靜靜矗立，蜿蜒的護城河靜靜流淌，放眼望過去，這座王都雖沒有汴京的壯麗富饒，卻有一種雄渾的氣概。

吊橋落下，一隊騎軍從城門衝出，童虎警惕地大叫道：「準備戰鬥！」

這一路過來風聲鶴唳，讓童虎受了不少驚嚇，所以一看到大隊的人馬，立即就產生了警惕之心。

沈傲卻是含笑道：「不必了，是自家人。」說著策馬迎過去。

對面的馬隊一陣高呼：「平西王來了！」

打頭的正是李清，沈傲遠遠策馬過來，他忙不迭翻身下馬，單膝跪地高聲道：「恭迎王爺大駕。」

李清身後是五六百名校尉，紛紛落馬大聲道：「門下見過恩府。」

沈傲哈哈一笑道：「先入城再敘舊。」

兩股校尉合爲一股，聚在一起，自然有無數的別離之情，馬隊走得比從前慢了許多，都是尋了些許久未見的同窗，嘰嘰喳喳地說個不停。沈傲也不阻止，只是打馬和李清並肩而行，問道：「陛下身體還好嗎？」

李清道：「就等見王爺一面了。內廷傳出消息，說是王爺一到先進宮再說，此外，百官也已經準備好了，隨時做好了廷議的準備。」

沈傲頷首點頭道：「那就直接入宮。城中有沒有動靜，三軍那邊要看住一些，雖然調動權握在兵部，可是不能不防，隨軍也要集結起來。附近的隨軍暫時都調到城裡來。龍興府只要安全，一切都好說。」

李清道：「楊振楊大人已經知會了兵部，隨軍已經全部入城了，再加上馬隨軍和明武校尉，人數大致有七八萬人。」

沈傲默算了一下，加上後隊過來的校尉，龍興府的力量可以達到十萬，各地的隨軍應當是可以差遣的，人數在二十萬左右，國族真正掌控的軍馬不過十餘萬而已。不過，這些人戰力倒是不容小覷，實在不行，就只能動用馬軍司和童貫的軍馬了。

軍隊方面，沈傲自信自己有足夠的優勢，民心也是可用，西夏的漢民比例高達八成，這些人都是支持自己的死忠力量，此外還有一成是吐蕃、回鶻、契丹、瓦剌人，真

正要防備的還是黨項國族，不過這些人人少，滿打滿算也不過只占一成人口，他們若是真要鬧起來，沈傲也不介意將他們一網打盡。

黨項人乃是羌人的一支，漢羌本是一家，沈傲並不想大動干戈。現在最怕的就是女真，女真人若是趁機滋事，與西夏的國族遙相呼應，則是一個大麻煩。

亂七八糟地想著入了城，沈傲才發現整個龍興府已經萬人空巷，這一次倒是無人帶了扁擔、板凳之類的來迎接，卻受了沈傲沿途所過的州縣感染，無數人高聲大呼：「攝政王千歲。」

沈傲見了此情此景，不由挺直了身體，整個人煥然一新。

接著，人海如潮水起伏一樣，沈傲打馬到哪裡，便有人跪下行禮。這個禮節，沈傲並不喜歡，卻也阻攔不了，他心裡自然明白這些殷殷期盼的百姓所要的是什麼，他們既是沈傲的助力，同時也是一份重責。

沈傲忍不住大吼一聲：「跟著本王，本王帶你們吃香喝辣的！」

這句胡話還好沒有人聽見，那潮水一樣的呼喊聲淹沒了一切。

沈傲發覺自己說了等於沒說，那翹起來的尾巴立即縮了回去，灰溜溜地通過街道，一直到了御道才清靜了一些，忍不住吁了口氣，對李清道：「為何不早說，早知在城外，本王先安營紮寨一下，沐浴更衣一番再進城。」

李清呵呵一笑，並不答話。

沈傲搖搖頭，忍不住嘆道：「人生最痛苦的就是出風頭的時候灰頭土臉！」

到了宮門口，沈傲將馬交給李清徑直進去，懷德一直在宮門候著，看到沈傲過來，急促地道：「王爺請隨咱家來，陛下快不行了。」

沈傲的表情不由地凝重起來，道：「有勞。」

二人一前一後飛快地到了暖閣，連稟報都不必，沈傲直接進去，便看到這暖閣裡已經跪倒了一片人，許多人低聲嗚咽。

楊振跪在李乾順榻前，低聲道：「陛下，攝政王來了。」

李乾順舉起瘦如枯骨的手，手指著沈傲的方向，嘴唇蠕動，艱難地道：「來，快來，趁著朕還有幾分神智，朕有話要和你說。」

沈傲快步上前，坐在榻上，一把握住李乾順的手，這隻手再沒有那揮斥天下的銳志，如乾癟的皮鼓一樣，看不到一點光澤，只有褶皺蒼白。

李乾順顯得已經疲倦到了極點，懷德帶著哭腔爲他墊高了枕頭，他一雙渾濁的眼眸打量著沈傲，渾濁之中，含著幾滴淚水。

沈傲從來沒有看到過這樣的李乾順，他抿了抿嘴，卻感覺什麼話也說不出口，他對李乾順的感情實在太複雜了。

李乾順淡淡一笑，道：「朕哭了嗎？」

沈傲搖頭道：「陛下是累了。」

「對……」李乾順艱難地笑了笑，笑容中多了幾分安詳。一旁的懷德拿著巾帕給他抹去眼角的淚水，李乾順道：「朕富有四海，卻終究逃不過生老病死，朕是累了，疲倦極了，昨天夜裡，朕夢到了朕的太子，他還是那個樣子，太倔強了。」

李乾順輕輕嘆了口氣，完全像一個希望有人聽他訴說往事的老人，繼續道：「朕該去見他了，可是這世上，朕還有東西放不下，沈傲，你明白朕的心情嗎？」

沈傲點頭，道：「小婿明白。」

李乾順笑得有些慘澹，道：「可惜朕臨死連最後的血脈都來不及看一眼！朕一直盼你來，朕當時在想，等你來了，她們母子二人就交給你，你該像男人一樣保護她們，這樣，朕卸了這份擔子，也就能放心去見朕的太子了。可是……」

他哽咽了一下，淚水不禁又流出來，這絕不是畏死，而是感傷，滾動了下喉結，李乾順氣喘吁吁地道：「可是朕現在想，朕要是能活下去，再等兩個月，朕的外孫就要出世了，就是看一眼也好。」

沈傲握緊他的手，道：「陛下會看到的。」

李乾順不置可否地搖搖頭，最後卻又重重點頭，道：「你說得對，朕敬天信命，可是這一次，朕一定要和老天鬥一鬥，留著一口氣，無論如何也要見一見他。」

他的手漸漸垂下去一點，充滿了疲倦，渾濁的眼眸看向沈傲，突然道：「蔡京也死了吧？」

沈傲道：「死了。」

李乾順呵呵一笑，道：「朕的江山，可以安心交付給你了，從即日起，西夏就交給你了，朕打理了一輩子，交出去還真有些捨不得。」

他哂然笑了笑，笑得有點苦澀，接著又對沈傲道：「朕有一事相求……」他的聲音漸漸低微：「國族畢竟是朕的母族，若是可以，就給他們留一條生路吧。」

沈傲道：「漢羌一家，小婿銘記陛下教誨。」

李乾順聲音微弱地道：「還有一件事……」他乾咳著道：「你的妻室……妻室再不能增加了，你是西夏攝政王，是朕的女婿……之前的妻子，朕不追究，可是從今往後，不要再娶妻室，你……你能答應朕嗎？」

沈傲眼睛一眨，道：「陛下，你說什麼？」他俯下身側耳傾聽。

李乾順有氣無力地道：「答應朕……不要再增添妻室……」

沈傲一臉茫然地道：「陛下再說一遍，小婿沒聽到，陛下先緩口氣，慢慢地說。」

「不要再……再增添妻室……」

沈傲垂淚道：「陛下……想必是累了，連說話都沒有了力氣，想當年小婿返宋時，陛下是何等龍虎精神……」他哽咽得要說不下去了。

李乾順苦澀一笑，道：「朕還有一件事要和你說……我大夏早在元昊先帝時，就曾埋葬了一筆寶藏……」

沈傲瞪大眼睛，道：「埋在哪裡？」

李乾順拼命咳嗽，怒氣沖沖地道：「總算是聽到了朕的話了嗎？」

沈傲心裡大呼上當，立即正襟危坐道：「陛下，國事要緊。」

李乾順無奈地嘆了口氣，道：「寶藏之事純屬子虛烏有，朕已草擬了詔書，從即日起，朕爲太上皇，由你監國，西夏的軍政，全由你一人獨斷，朕很累，想歇一歇，你來了，朕也就輕鬆了。」

有了先前的陷阱，沈傲連說話都小心了幾分，自己是小狐狸沒錯，李乾順便是再如何病危也是個老狐狸。只是這時候聽到李乾順將最珍貴的東西交付在自己手上，心裡免不得還有幾分感動，道：

「陛下放心，西夏的宗廟社稷從此以後就由小婿延續下去。」

李乾順苦笑道：「也只能如此了。」說罷，嘆了口氣，有著說不出的無奈。

李乾順養了幾分力氣，才加大聲音道：「楊振……」

「陛下……」楊振膝行到榻下，垂淚道：「陛下有何吩咐？」

李乾順道：「從此往後，好好輔佐攝政王，要衷心竭力，攝政王不會薄待你。」

楊振慟哭道：「下臣明白，陛下好好歇養，早晚龍體會恢復如初。」

李乾順又道：「烏刺領盧……」

「陛下。」回應的是一個鬚髮皆白的老人，他披著髮，穿著一件黨項人的白色吉服，老態龍鍾地走到榻前。

李乾順與他對視，深望著他，慢吞吞地道：「記住朕的話，好好輔佐攝政王，將來，再輔佐你的曾外孫，那孩子，也有你烏刺家的骨血。」

烏刺淡漠地道：「下臣知道了。」

李乾順搖搖頭，似乎是碰了釘子，只能苦笑道：「朕累了，你們都退下，讓攝政王留下就可以。」

眾臣紛紛拜辭出去，暖閣裡只剩下李乾順和沈傲兩個。便是那懷德也躡手躡腳地退到一旁的耳室裡。

悶熱的天氣，暖閣裡居然還擺著一個炭盆，一開始沈傲還不覺得熱，等到冷清下來，卻不得不把一件外衫解下。

李乾順目視著沈傲，眼眸深邃無比，整個人彷彿打起了幾分精神，道：「烏刺領盧

這個人你要小心，不過不到萬不得已，也不要輕易動他，要提防狗急跳牆。」

沈傲心知這是李乾順正式交接他的權力了，他要說的話都是極爲重要。沈傲坐在榻前側耳傾聽，一點都不敢遺漏。

李乾順繼續道：「國事上，要多問問楊振的意見，楊振這個人，平時膽小謹慎，眼光還是有的，當斷能斷，是個首輔之才。」他淡淡一笑，又道：「不過也要提防，他也有私心，貪欲重了些，所以要用他，可以找個人來制衡，吏部侍郎王召可以勝任，朕原本是要留給太子用的……」

說到太子，李乾順又是搖頭，嘆息道：「後來又預備留給越王，現在你拿去用吧。此人剛正不阿，雖然愚鈍了一些，卻足以羈絆住楊振。」

沈傲頷首點頭。

李乾順從禮部說到兵部，如數家珍一樣，最後哂然笑道：

「還有一個人，叫烏達，此人雖是國族，對朕卻是忠心耿耿，你不必防備他，他是個勇士，是個將才，用他有兩點好處，一是物盡其用；第二，便是拿他做個標榜。對國族，一味剛直不成，還要懂得懷柔的手段，這個烏達，朕前些時日尋了個由頭罷了他的官，你監國之後可以立即啓用他，示之以恩，令他心懷你的仁德，同時也給國族們看看，只要肯效命，你這攝政王照樣一視同仁。」

沈傲聽了李乾順的一席話，冷汗淋漓，這裡頭不知夾雜著多少居心，那些看上去清貴無比的文武官員，在李乾順看來，卻彷彿只是一個個棋子，李乾順對他們或如沐春風，或是給予顏色，可是每一個人仍舊是棋子，是沒有任何生命的工具罷了。

沈傲雖然殺伐果斷，可是如此深沉的居心卻是萬萬達不到，不是他不夠狠，只是他不能做到如此絕情寡義。

人有喜怒哀樂，可是李乾順彷彿所有的喜怒都帶有用心，都是他控制的手段。沈傲捫心自問，自己做不到這個地步，永遠做不到，看來自己和明君是無緣了。

李乾順看著他道：「你聽了朕的話，是不是覺得很可怕？」

沈傲道：「對臣子來說可怕，可是對百姓來說，就不能不說是福氣。」

李乾順臉上染上一層紅暈，精神顯得更好了一些，道：「身為人君，要有幾張面孔，就如朕，在淼兒面前，朕是個好父親；可是在臣子面前，朕是個喜怒無常的君王，在國族眼裡，朕是背棄社稷祖宗的逆賊，在……」他在這裡遲疑了一下，隨即哂然道：「在朕的母后眼裡，朕是什麼？」

說到太后，李乾順臉色淡漠道：「生我者，父母也，若不是她得寸進尺，朕也不妨做個孝子。」

沈傲只當什麼也沒聽見，李乾順弒母是西夏最隱晦的事，今日見他無動於衷地自己

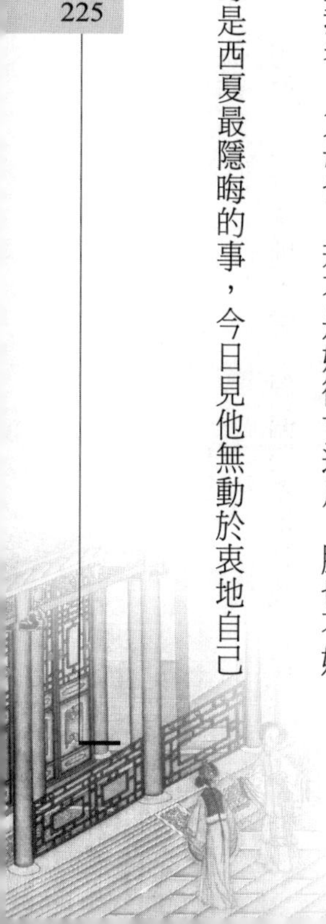

說出來，實在有點匪夷所思，這時候還是少說話爲妙。

李乾順臉色突然變得無比嚴肅，一字一句道：「可是她不肯，偏偏要聯絡外戚胡作非爲，連年征伐，連年鎩羽，天下人苦之久矣……」

這些話在沈傲聽來，只覺得全是李乾順的辯解之詞，或許只有這樣說，才能讓他生出幾許安慰。

李乾順躺在榻上，語調轉緩了一些：「你爲什麼不說話？」

沈傲看著他道：「陛下的氣色好像好了一些。」

李乾順淡淡一笑道：「好不了了，朕自己的身體自己知道，不過是苟延殘喘罷了，你即日就搬進宮來吧，和公主同住，朕的暖閣，你若是要用，朕就搬到偏殿去。」

沈傲搖頭道：「小婿不敢。」

李乾順注視著沈傲道：「你不是不敢，你和朕很像，這世上沒有不敢的事，你不敢，只是憐憫朕而已。」吁了口氣，感慨萬千地道：「朕該說的，也都說完了，你去崇文殿吧，百官已經久候多時，就等攝政王臨朝。」

沈傲一下子如釋重負，今日李乾順的話讓他有一種巨大的壓力，他自然明白，自己和李乾順一點也不像，自己做不到他的漠視，可是這種漠視，卻也說不上不對。正因爲對親近之人的漠視，正因爲薄情寡義，所以西夏才會出現中興，才會有千千萬萬的人安居樂業。

那些珍重感情，親近近臣的皇帝，又有哪個能做出這等的政績來？有了親疏，就會有人得到寵幸，猶如劉瑾、猶如嚴嵩、猶如蔡京、猶如十常侍，猶如……自己。

趙佶唯一幸運的是，自己和劉瑾和蔡京有著天壤之別，否則能不能安享太平，或許還是個未知數。

李乾順很可怕，趙佶很可親，這是從沈傲的立場來看待比較，可是對千千萬萬的人，沈傲的結論卻是未必。

沈傲亂七八糟地想了一通，隨即又抖擻起精神，想這麼多做什麼？好好做好自己的本分，守住自己的原則，該偷懶的時候還要偷懶就是。

沈傲站起身，道：「陛下保重身體。」

李乾順目送著他離開，整個人如呆滯一樣，就連懷德從耳室裡出來都未察覺。

「陛下……」懷德低聲叫了一聲。

李乾順回過神來，哦了一聲，卻又開始劇烈咳嗽，懷德拿了痰盂來，為他擦拭了嘴角的污漬，慢吞吞地道：「陛下早些歇息，好好歇養最緊要。」

李乾順慘然笑道：「朕現在還看不透他，罷了，看了一輩子的人，就留一個永遠看不透的吧。」讓懷德撤了高枕，為他蓋好了被子，又長嘆道：「他既然來了，朕也就放心了，那些宵小之徒絕不是他的對手。」

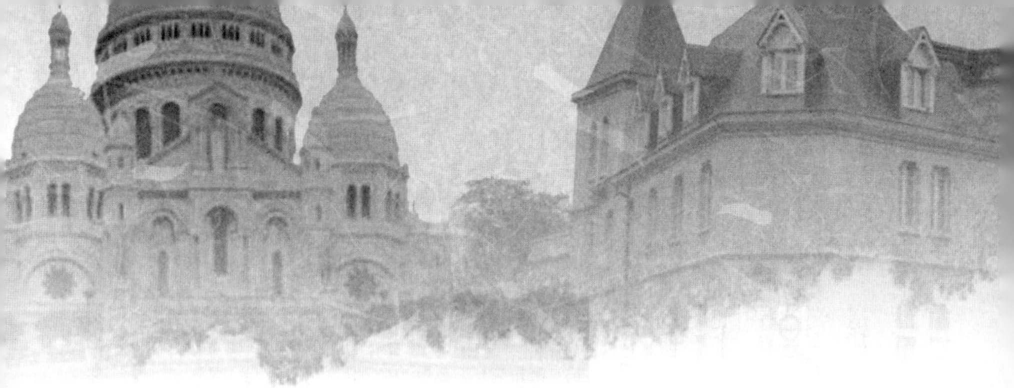

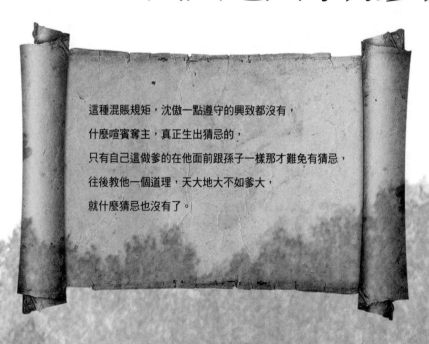

第八十八章 天大地大不如爹大

這種混賬規矩，沈傲一點遵守的興致都沒有，

什麼喧賓奪主，真正生出猜忌的，

只有自己這做爹的在他面前跟孫子一樣那才難免有猜忌，

往後教他一個道理，天大地大不如爹大，

就什麼猜忌也沒有了。

沈傲從暖閣裡出來，立即有內侍引著沈傲到了一處宮殿，隨即有幾個宮人領著他到了浴房，爲他解了衣衫，光溜溜地泡入浴桶。

洗滌之後，爲沈傲換了一身新朝服，這朝服也繡了金龍，和李乾順的並沒多大區別，唯一的區別的只是李乾順的衣料是明黃，而沈傲的是黑色而已。

換了新衣，沈傲精神颯爽無比，整個人都舒坦起來，揮退宮人道：「去後宮向公主稟告，就說我下了朝就來。」

接著，內侍引著他到崇文殿，崇文殿裡已是密密麻麻站了數百個官員，一個個屏息等待，誰也沒有吱聲，那金殿上的鑾椅邊設置了一個小一些的金椅，椅上鋪了一層光滑的皮毛，顯然是預備給攝政王臨朝聽政用的。

沈傲看著黑壓壓的人，倒是一點也不驚慌，好歹他也是見過大場面的，大剌剌地上殿，看到兩張龍椅，便直接坐在正中的大鑾椅上。

他心裡想得倒是簡單，這椅子是給未來出世的兒子坐的，而自己這個做爹的卻只能坐在邊角，這還像話？簡直是豈有此理，還沒從肚子裡出來就這樣，難道將來還要我這做爹的給你磕頭？

這種混賬規矩，沈傲一點遵守的興致都沒有，至於什麼喧賓奪主，或者說因爲這個生出什麼父子猜忌，沈傲更是不以爲然，真正生出猜忌的，只有自己這做爹的在他面前跟孫子一樣，那才難免有猜忌，往後教他一個道理，天大地大不如爹大，就什麼猜忌也沒有了。

眾人見到沈傲這個動作，都是面露古怪之色，金殿上的兩個內侍嚇了一跳，低聲道：「攝政王，您坐錯了。」

沈傲淡淡道：「哦？坐錯了？莫非這是太上皇坐的？」

內侍連忙辯解道：「這是未來的皇上坐的。」

沈傲臉色一板，道：「未來的皇上是誰？」

內侍苦笑道：「是攝政王未來的兒子。」

沈傲猛拍御案，勃然大怒道：「這就是了，難道他坐在這裡，還要教老子在一邊陪著？楊振在哪裡？」

楊振從班中苦笑著站出來：「下臣在。」

沈傲怒氣沖沖地道：「你是禮部尚書，本王問你，我大夏還是不是以禮法治國，是不是尊崇孝道？」

楊振硬著頭皮道：「國禮確實是如此。」

沈傲很瀟灑地道：「這就是了，現在本王就要教未出世的皇上一個道理，什麼才叫孝義。」

那內侍再不敢說什麼，退到一邊去。

沈傲舒服地躺在鑾椅上，才道：「本王第一日臨朝聽政，規矩，本王不懂，不如就先立個規矩吧。」

一朝天子一朝臣，新君登基，規矩也要換換。沈傲雖然不是新君，卻也差不離了。他說要立規矩，倒是無人反對。

沈傲慢吞吞地道：「廷議每月一次，但是在廷議之前，各部院可以把準備要議的政務先寫一張條子遞進宮來，本王不喜歡說什麼閒話，就按著遞來的條子一個個釐清政務也就是了。」

沈傲原本想把國體也改一改，雖說西夏與大宋的國體差不多，可是三省制在這西夏只是個空架子，有了這三省，自家便可以和趙佶一樣，樂得逍遙了。有三省相互制衡，再任用一個賢明的首輔，大致上在國事上就不會出什麼偏差，自己就可以退居到幕後，做個裁判。

不過太上皇還在，現在就把人家的台給拆了，實在是有點不太好意思，沈傲索性暫時先不提這個，反正這些時間正好可以先把國事理清，至少要知道程序怎麼走，再大刀闊斧地改制就是。

沈傲瞇著眼，見無人反對，便繼續道：「本王既是監國，太上皇又染了小疾，眼下當務之急，是穩固民心。」

沈傲繼續道：「草擬詔令，大赦天下，除死囚與重罪之外，所有罪犯全部從輕發落……」他沉吟了一下繼續道：「各州縣免賦一年。」

免賦兩個字說出去，朝內頓時議論起來，若只是一州一縣倒也罷了，可是舉國免賦的事卻是難見。雖然知道眼下是多事之秋，可是一旦免賦，朝廷吃什麼？

唯有戶部尚書和禮部尚書楊振卻是抿嘴不言，面上含笑。

免賦一年是拉攏人心最快的手段，至於賦稅，倒也不怕，半年前的抄家，朝廷抄沒的銀錢高達數千萬之多，雖然沒有納入國庫，卻還都在內庫裡安靜地躺著，只要肯拿出來，便是免賦三年也能勉強支撐。畢竟西夏不比大宋闊綽，大宋一年治水、軍餉就是天文數字，可是西夏的軍餉偏低不說，不少還是以徭役的形式來進行，治水的經費也不及大宋的零頭。

如今變亂在即，放出這個甜頭來，足以讓變亂的規模降到最低，這個買賣只要認真地算，聰明人都明白裡頭的奧妙。

眼看就有人要站出來反對，楊振立即道：「殿下聖明。」他第一個站出來表態，算是堵住了悠悠之口。

沈傲欣賞地看了楊振一眼，正色道：「還有一件事，眼下禁軍只剩下三軍，京畿防

務太鬆懈，要整肅一下。內庫可以拿出兩百萬貫來，對京畿附近的隨軍進行整肅，抽調出一些精壯的進行操練。本王聽說有個叫烏達的頗通軍事，現在烏達人在哪裡？」

聽到烏達兩個字，下頭的人一陣竊竊私語，這烏達是個國族，想不到攝政王第一個要提拔的竟是他。

兵部尚書站出來道：「殿下，烏達已經廢做了庶民，還在龍興府。」

沈傲頷首點頭道：「傳他入宮，本王要見他，新編的禁衛軍由他統領，禁衛軍的人數爲三萬，再下設五營，與此前的三支禁軍合爲八軍吧。」頓了一下，他繼續道：「楊振身爲禮部尚書，本王很是看重，即日起入門下省執政。」

門下省在這個時候只是虛職，原本就是給國族的人預留的，如今沈傲直接將楊振調入門下，也算是一種榮耀，至少可以證明楊振的寵幸不衰。

沈傲又是慢吞吞地道：「吏部侍郎王召在哪裡？」

班中一個矮胖的官員站出來，道：「下臣在。」

沈傲打量這王召，頓時顛覆他對王召的形象，這傢伙像商人的成分多一些，肥頭肥腦的，想不到還是個直臣，果然是人不可貌相。

沈傲笑吟吟地道：「太上皇屢次在本王面前提及王侍郎的直名，暫入中書省吧，兼領吏部侍郎。」最後道：「烏刺領盧……」

看到烏刺領盧時，沈傲閃過一絲不喜，不過這個人身分敏感，這時候不能觸碰，把他吊起來就是。

烏刺冷淡地從班中出來，躬身道：「殿下。」

沈傲道：「領盧大人就入尚書省吧。」

烏刺冷漠地點點頭。所謂入尚書省只不過是走個形式，楊振以禮部尚書的身分入門下省，再加上他自身的影響力，這門下省就相當於是給了實權的。至於王召以禮部侍郎的身分入中書省，一方面有考核官員之權，又以督察之責，也算是實至名歸。至於烏刺，這個領盧只是個虛職，和大宋的太傅、太師什麼的差不多，就算是去了尚書省，也鬧不出什麼動靜。

六部中，真正的實權分佈在戶部、吏部、禮部、兵部那裡。禮部是楊振的，兵部尚書又是楊振的門生，自然不會理什麼尚書省。吏部早晚要落入王召手裡，而戶部尚書一向是自成一家，未必去看尚書省的臉色。

這樣的安排，等於是將權力打包，分給了楊振和王召。

倒是這軍權，沈傲卻抓得牢牢的，新近提拔的烏達，這個人若真如李乾順所說能夠對自己效忠，以他國族的身分肯定不會和楊振、王召這些人混到一起去，再者說，禁衛的上下軍官都由明武學堂擇選，這些人又是漢人，自然是對自己效忠，就算烏刺有什麼

不軌的企圖，只怕也調動不了。此外，還有一支由武備學堂控制的騎隨軍，如此安排下來，整個西夏的新朝局就算是奠定了。

沈傲說了一通，覺得再沒什麼可以補充的，便道：「若是無事，本王就退朝了。」

楊振道：「殿下，下臣有事要奏。」

沈傲含笑道：「你說。」

楊振道：「殿下，金國使臣已經遞交了國書，向我大夏索要糧草軍械，請殿下定奪。」

想不到做了攝政王，居然還要做回老本行。沈傲聽罷，淡淡一笑道：「先把國書遞上來給本王看看，其餘的事再議。」說罷宣布散朝，直入後宮。

而崇文殿裡的議論聲還沒有散去，楊振且不說，入主中樞大局已定，便是只做一個禮部尚書，一樣要受攝政王的倚賴。

不過那王召從一個侍郎直入中書，卻是所有人都沒有想到的事，這王召臉上露出深思的表情，一旁有人來向他道賀，他才勉強回了禮，然後拉回神來。連那楊振也含笑過來向他道賀，王召只說部堂中還有事要處理，便出了朝堂。

「楊大人，那王大人這樣的一個人，攝政王怎麼會瞧上他？」一個官員小心地靠近楊振，低聲道。

楊振撫鬚含笑，心裡卻是鬆了口氣，若是攝政王把政務全部交到他手裡，他未必敢去接，歷來功高震主，職權太大的人都沒有好下場，現在安排了一個王召，反而讓他放下了心。

他心中突然想起一個人，王召入朝三十年，七年前就赴任吏部尚書，此後一直被冷藏，莫不是陛下一直將他藏到今日的？

對李乾順，楊振自然也揣摩過幾分心思，越想越覺得沒錯，心裡不由感嘆，陛下此舉既成全了攝政王，也成全了他。

說了一會兒話，朝臣們各自散去。

沈傲到了後宮，沿途所過之處，內侍、宮人紛紛行禮，沈傲只朝他們頷首點頭，到了淑芳閣，這裡從前是沈傲和淼兒的洞房，如今也是淼兒暫時安居的地方。

遠遠過去，便看到窗口打開，一個人影在樓上顧盼，沈傲快步過去，進了樓中，淼兒立時撲面而來，竄入他的懷中。沈傲心裡感嘆，身懷六甲的人，竟是敏捷如斯，莫非淼兒有練過？

沈傲摟緊懷中的人兒，淼兒在他懷中哭道：「父皇怎麼了？一點消息都沒有，你去看過了嗎？」

沈傲深吸口氣，卻不知如何回答，只是安慰道：「還好，太上皇就是不願看到你這樣，才不見你，你現在這樣哭哭啼啼的，豈不是讓他擔心？再者說，他最大的心願便是等你們母子平安，到時候一齊去看他一眼，你要好好保重身體，不要讓他失望。」

說了一通的話，看著淼兒的臉，才發現她的臉龐消瘦了許多，肚子卻是隆起了不少，沈傲不敢去觸碰，只是左右端詳了一下，不禁傻笑道：「生出來的時候要好好敲打一下，學誰都不能學他爹。」

淼兒這幾日又是擔心又是害怕，見了沈傲，總算是有了倚靠，心情也開朗了幾分，恨怒道：「爲何不能像你？」

沈傲一本正經道：「公主殿下這就不懂了吧，他爹是學不來的，就怕學了半桶水去，結果別人欺負不到，盡做吃虧的勾當。像我這樣的人……」沈傲用深邃的口吻道：「百年不出一個，所以我一直告誡小朋友，本王是經過特殊處理的，千萬不可模仿。」

淼兒聽他胡說，似嗔似喜地在他頸上輕吻一下，道：「我還道你只顧著和汴京的妻子廝混，再想不起我們母子了。」

沈傲護著她到榻上歇息，笑嘻嘻地道：「豈敢，豈敢，要做只做西門慶，陳世美那種混賬東西，本王是不屑去做的。」

任由淼兒倚在自己的懷裡，一雙眼眸卻是無比神聖地仰望向雕梁畫棟的房梁，一字一句道：「我是讀書人。」

淼兒閉著眼，舒適地仰躺著，俏臉染起紅暈，整個人幸福地靜躺聽著沈傲說話，將一切的焦慮和不安全部拋諸腦後，這時忍不住道：「我聽說負心最是讀書人，這是戲文裡說的。」

沈傲驚訝地道：「我怎麼聽的和你不一樣，負心了的，就不是讀書人了。」正要苦口婆心地洗腦，卻發現淼兒已經靜靜的躺在他的懷中睡了過去，一對睫毛微微顫抖，也不知是不是假寐，沈傲只好嘆口氣，小心地將她放在床榻上，蓋上棉被，才從房中退出去。

出去問了個閣裡伺候的宮人，才知道淼兒聽到沈傲要來，已是幾夜沒有睡好，再加上李乾順的事，更平添惆悵。沈傲又是嘆了口氣，便負著手，在後宮裡隨意走著。

後宮這種地方，其實是不能亂走的，就是沈傲這個攝政王也不能壞了規矩，畢竟這裡住著不少李乾順的嬪妃，若是讓人誤會，那真是冤枉死了。

沈傲沒有人妻控的傾向，因而走動時儘量不進月洞和殿閣，還特意叫來幾個內侍跟著，以示自己的光明正大。

回到閣裡，見淼兒還在睡，心知她是睏倦到了極點，沒有三四個時辰是醒不來了，便喚來幾個內侍，對他們道：「出宮！」

「出宮?……」幾個內侍呆呆地面面相覷。

沈傲朝他們冷峻地道：「還愣著做什麼?備馬去。」

從宮裡出來，沈傲直接打馬到明武學堂。

明武學堂的設置和武備學堂一致，如今已算是沈傲能夠完全掌控的武裝力量，明武學堂並不知道攝政王要來，一時也是呆了，手忙腳亂地召集了學堂武士，一個個披甲配著西夏刀出來見禮。

沈傲見他們颯爽的模樣，很有幾分校尉的神氣，便忍不住興致盎然地打馬訓話，說了一番克己復禮和精忠報國的道理。這些話雖是虛話，可是又不得不說。

沈傲說得差不多了，便去學堂裡安坐。

明武學堂門口，因爲攝政王的到來，禁衛加強了許多，幾十個武士、校尉堵住學堂中門，充滿了警戒。

突然，馬蹄聲響起，但凡是經驗豐富些的校尉都能大致聽出來，至少有幾十匹馬朝明武學堂這邊過來。

明武學堂雖叫學堂，卻是一座實打實的大軍營，五百校尉和六千西夏武士都駐紮在這裡，便是城中的所有禁軍圍攻也別想輕易攻破。所以只是幾十騎，倒是沒引起校尉的警惕，只是吩咐一聲，讓大家打起精神，才有一個校尉按著儒刀走到街面上去查看。

幾十個騎馬的壯漢飛馳而至，果然是奔著明武學堂來的。

爲首一個戴著狐皮帽子，腦後結辮，身上是一件右衽的皮背心，裡頭罩著圓領的汗衫，既不像是漢人，也不像是國族。他打量了明武學堂一眼，冷哼一聲，身後的幾十個武士也都是古怪的裝束，光著腦殼，腦後還紮著一個銅錢大小的鼠辮。

爲首的壯漢對著身後的人嘰哩呱啦的說了一通，身後的騎士紛紛大笑，他們笑起來，腦殼後頭的鼠辮子便忍不住顫抖搖曳，模樣可怖至極。

按理說，這西夏番人眾多，有契丹、黨項、吐蕃、瓦剌各族，什麼樣稀奇古怪的裝束也都見過，可是偏偏這些人的樣子實在是目不忍睹，偏偏這些人還自以爲得意，令門前的校尉、武士都是目瞪口呆。

有個校尉正要將他們驅開。誰知爲首那個壯漢突然以極快的速度從背後取出一副牛筋弓，搭箭彎弓，朝著門牌上的匾額嗤的放出一箭。

此人放箭的速度極快，動作流暢無比，弓弦一鬆，利箭脫弦而出，篤的一聲，正好落在了牌匾上「克己復禮」的己字上。爲首的那大漢哈哈大笑，身後的隨從亦是爆發出大笑。

「大膽！」門口的校尉、武士大怒，一個個抽出刀來，將這些人團團圍住，明武學

堂建學半年多還沒有人有這樣的膽子，居然敢在太歲頭上動土。

爲首那大漢凜然不懼，用生硬的漢話道：「我是大金國使完顏宗傑，誰敢無禮？」

武士們嗷嗷大叫：「管他是誰，先抓去軍法司再說。」

倒是幾個校尉穩重，其中一個打了眼色，另一個飛快進去稟告。打眼色的校尉肅容道：「將他們圍住了。」

前後的街道立即被層層堵住。

那完顏宗傑也毫無畏懼之色，上一次死了個皇子，完顏阿骨打勃然大怒，便想要將攻打遼國的大軍撤回，傾力攻打西夏，只是平白撤軍，只會給契丹人喘息之機，那耶律大石不是天祚帝，爲了這個完顏阿骨打才放棄了這個打算。將這殺子之仇按下不提。

這一次西夏內亂在即，金人的探子早就得了消息，報到完顏阿骨打那兒，完顏阿骨打在幾個謀士的建議下，命令這完顏宗傑來勒索糧草軍械，若是西夏人肯把金人所要的東西交出，正好可以助他們攻打大遼。若是不肯，又正好以這個藉口進犯。

吸取了上次的教訓，這一次之所以派完顏宗傑來，便是因爲完顏宗傑在女真人中是出了名的神箭手，這完顏宗傑到了西夏，一心想要報復，早有和校尉再較量的心思，方才得到消息，那攝政王到了明武學堂，因此也壯著膽子前來挑釁。

過不多時，沈傲帶著明武學堂大小的教官、教頭出來，他負著手，只看了完顏宗傑一眼，看向門前的校尉道：「是哪條狗在這裡亂吠？」

完顏宗傑大怒，道：「攝政王，幸會，我是……」

沈傲理都不理他，道：「來，趕狗。」

一聲令下，學堂中殺出無數武士，一個個高舉西夏刀，如狼似虎地從列隊中出來，將完顏宗傑等人圍了個水泄不通。

完顏宗傑冷笑道：「西夏狗和南蠻子就知道以多欺少嗎？攝政王，本使帶來的是大金皇帝的善意，你們就是這樣待客的？」

「哦？」沈傲拉長了聲音，顯得興致勃勃，突然面色一改，道：「本王待客，一向是有口皆碑，是出了名的善意。既然貴使帶來了貴國國主的善意，本王自然也該禮尚往來了。」

他抬頭瞄了一眼匾額上的一支沒羽箭尾，對身邊的校尉道：「來，給本王取一副弓來。」

過不多時，立即有人取來一副西夏長弓，沈傲捏了捏弓弦，忍不住道：「好弓，好弓，來，取善意來。」

善意……身邊的校尉摸不著頭腦。

沈傲搖搖頭，心裡罵了句呆子，從一個校尉身後的箭囊裡取出一支弓箭，對身邊的校尉道：「這弓如何射？」

「王爺……拉住弓箭，拿弓的手要平直，把箭搭在弦上，拉弓時用手肘的力道，拉得差不多了，就射出去。」

沈傲哈哈一笑，道：「原來這樣簡單。既然女真國使帶來了善意，本王這就還回去，來人，立一根竹竿到國使的身後去。」

竹竿倒是好找，武士們操練有時候也要用竹竿取代長矛，所以不一會兒功夫，便有人取了出來。

沈傲朗聲道：「完顏兄，這是本王帶給貴國國主的善意，你且看好了！」拉弓搭箭，眼睛瞄向遠處的竹竿。

校尉、武士們頓時嚇了一跳，看他這射箭的動作就知道八成是個新手，這樣的人去射竹竿，一旁的人還能活嗎？於是眾人紛紛後退，生怕殃及魚池。

完顏宗傑也是嚇了一跳，自家的身後就是竹竿，像他這般的射，天知道箭會射到哪裡去？心裡正想著打馬要帶著侍從躲避。

說時遲那時快，沈傲很是豪氣地大叫一聲：「看本王李廣神箭！」嗤……弓弦抖動，利箭飛出。

「快跑！」所有人都抱頭逃竄。莫說是武士，便是校尉也都保持不住鎮定。死，他們未必怕，馬革裹屍，沙場喋血的人，早已將生死看透了。可是假若沒有死在敵人手裡，卻被攝政王的箭無辜射中，這樣的死法實在太憋屈，不跑是傻子。

完顏宗傑以爲沈傲只是玩笑，等到利箭飛出，才意識到人家是玩真格的，心裡大罵一句，卻發現這箭是朝自己飛來的，也是嚇得一身冷汗淋漓，好在他還保持了幾分鎮定，距離那箭飛來只有一尺的時候，以極快的速度將頭一偏，利箭嗤嗤破空從他的耳畔飛過去。

完顏宗傑驚魂未定，卻聽到腦後啊一聲，回過頭去看時，才發現自己躲了這一箭，可是身後一個隨從卻是遭了殃，飛箭直入這隨從的咽喉，嘶吼一聲，整個人從馬上栽落下去。

「攝政王……你……」完顏宗傑齜牙大吼。

誰知沈傲卻是皺眉搖頭，怒道：「好狗不擋箭，本王要射那竹竿，哪裡來的狗東西，竟是擋了神箭。」

他大罵一通，隨即又取了一支羽箭來，搭上弓，咬牙切齒道：「這善意一定要奉還不可。」又是一箭疾飛出去。

這一次射中的是一匹完顏宗傑隨從的戰馬。吃痛的戰馬人立而起，將馬上的人甩下

來，等到雙蹄落地的時候正好踩在那隨從身上，又是一陣哀號。

這時，完顏宗傑什麼勇氣都煙消雲散了，勒了馬，灰溜溜地帶著隨從避到一邊。

沈傲站在明武學堂中門的石階上，卻是咬著牙，口裡含糊不清地道：「咦，老子就不信了，不射中，我這攝政王三個字倒過來寫。」

說罷，一支支箭飛射出去，只是無論如何總是射不中旗杆。倒是那被馬踢斷了肋骨的隨從還在竹竿附近，口裡發出哀號，卻沒人敢冒著箭雨去拉他出來。

沈傲連續射了十幾箭出去，便有三四支箭扎中他的身上，於是哀號得更厲害，渾身像是刺蝟一樣。

而沈傲卻不理會這個，全身心投入到射箭中去，眼睛赤紅地咒罵著：「這弓八成有問題，他娘的，爲什麼射什麼不中什麼，想當年……」

又是一箭，篤……

箭簇總算扎入竹竿，透杆而過。於是大家一起歡呼：「攝政王箭法如神，真乃神人也。」

這些歡呼，絕對是出於真心實意，地上的兩個隨從都已經死透了，連校尉和武士都有些不忍心，若是再不中，繼續射下去，八成屍骨都尋不到。

沈傲矜持地笑了笑，將弓箭拋給邊上的校尉，很謙虛地道：「不敢當，不敢當。」

話鋒一轉：「若換做當年……」

眾人怕他欲要射出當年的水準，立即一起大呼道：「攝政王箭不虛發，聖明仁武。」

沈傲意猶未盡地抿了抿嘴道：「下次再找機會練吧。完顏兄呢？完顏兄在哪裡？」

第八十九章 如意算盤

沈傲嘆了口氣，道：

「同意了這份國書，西夏要吃虧，

不同意，就要準備決一死戰了。」

他將國書合上，闔著目沉默了一下，

並沒有立即做出決定，只是淡淡笑道：

「好一個如意算盤。」

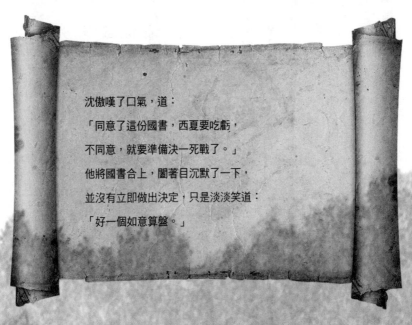

完顏宗傑以爲自己已經夠蠻，再怎麼說，也是上過陣砍過人的。可是撞到那沈傲一臉鄭重的射箭，再看地上兩具死透的屍體，才知道傳說中的西夏攝政王果然不可理喻。蠻子遇到更蠻的，一旁重重的西夏武士和大宋校尉，他又不敢引箭回擊，最後只能落荒閃避，氣勢上已經輸了一截，膽戰心驚之餘，聽到沈傲大叫完顏兄三個字，只好灰溜溜地再撥馬出來，可是這時候再沒方才那跋扈的尊榮，臉上帶著些許悻悻然。

不過等他驚魂已定時，看到兩個隨從的屍首，便又不禁勃然大怒，厲聲道：「攝政王，你欺人太甚！」

吼出這句話時，他未免有些中氣不足，生怕沈傲這傢伙又要射箭，隨時做好了逃之夭夭的打算。

沈傲笑嘻嘻地道：「完顏兄帶來了貴國國主的善意，本王當然也要還回去，你帶來一個，本王還回去十幾個，怎麼？完顏兄還覺得不夠？若是不夠，本王不介意再……」

他朝拿著弓箭的校尉那邊看過去。

這一看，所有人都驚心動魄，完顏宗傑這些女真人倒也罷了，連校尉、武士都是臉色大變，做好了隨時避走的準備。

恰在這個時候，一個機靈的校尉又是大吼：「攝政王箭無虛發，令我等大開眼界。」於是大家一起叫：「攝政王箭無虛發，百步穿楊。」

沈傲得意洋洋地揮手道：「哪裡，哪裡，大家賞臉罷了。」

完顏宗傑心知拿這人沒有辦法，只好咬牙道：「本使早就聽說王爺有一支校尉對陣厲害，恰好我大金也有一些騎射功夫還算精通的勇士，因此特來請教。」

沈傲心裡呵呵笑著，鬧了半天，原來是爲了挽回半年前的面子的。那次對陣的結果，早就通過使節和商人傳到各國，令女真人的信譽大受影響，女真人攻城掠地，靠的便是令敵人聞風喪膽的勇悍和數十萬虎狼，沒了令人生畏的凶名，各地的抵抗自然而然的會激烈一些。

完顏宗傑來西夏，一是要對陣一場，親手打敗武備校尉，另一個便是向西夏進行勒索。這兩樣都是頭等重要的事，這一次他過來，便帶了一千神箭手，都是箭無虛發的勇士，從金軍中精挑細選出來，可見金國對這件事的重視。

完顏宗傑見沈傲一副不以爲然的樣子，便冷笑道：「怎麼，攝政王不敢？」

沈傲呵呵一笑，道：「有何不敢？不過既然是對陣，就不能論生死了，若是一不小心……」

完顏宗傑繼續冷笑道：「刀槍無眼，自然是生死勿論。」

沈傲一拍手，興奮地道：「痛快，本王就喜歡和完顏兄這樣的人打交道。」接著冷冷一笑，道：「五日之後，我們仍在城郊對陣，生死勿論。」說罷，取過一旁校尉的

弓，口裡道：「這麼久沒射過箭，手藝都要生疏了，再來試試看。」

他話音剛落，完顏宗傑眼眸中閃過一絲驚慌，高呼一聲：「就這麼說定了。」說著，帶著隨從撥馬倉皇而逃。

校尉、武士們也都一哄而散。

沈傲拉了弓，失魂落魄地搖搖頭，將弓垂下去，感慨道：「果然是知音難覓，罷罷罷，回宮去了。」

將弓箭丟在地上，叫人牽來馬，帶著幾十個校尉飛馬馳離明武學堂。

打馬進了宮，懷德急匆匆地迎過來，道：「王爺，禮部那邊送來了女真人國書，此外烏達也久候多時了。」

沈傲淡淡一笑，從馬上下來，笑道：「叫那烏達等一等，先拿國書給我看看。另外替本王尋個安靜的地方。」

懷德引著沈傲到了一處閣樓，這閣樓叫儲閣，本是爲太子而建的，沈傲步入進去，這裡已經修葺一新，一塵不染，舒服地坐在軟榻上，一個內侍呈上國書。

沈傲知道國書這東西不能看開頭和結尾，這兩截都是一些廢話，真正的精華在中間的段落，是以直接從中間看去。

足足過了半炷香功夫，他才抬起頭來，淡淡一笑，見懷德還站在一旁，笑道：「懷德，若是你，這份國書你會不會答應？」

懷德屏息而立，慢吞吞地道：「奴才只是個使喚人，不敢拿主意。」

沈傲嘆了口氣，道：「同意了這份國書，西夏要吃虧，不同意，就要準備決一死戰了。」他將國書合上，闔著目沉默了一下，並沒有立即做出決定，只是淡淡笑道：「好一個如意算盤。」

將國書擱到一邊，沈傲才道：「叫那烏達進來。」

懷德匆匆去了。過不多時，便見一個魁梧的黨項漢子闊步進來，略帶幾分生澀地打量了這裡一眼，目光最後落在軟榻上斜躺著的正主身上。

沈傲用眼睛看著他，他帶著幾分桀驁與沈傲對視，最後低下頭顱，單膝跪下行禮道：「罪臣烏達，見過攝政王。」

沈傲似在沉思，並沒有答話。烏達只好一直跪著，只是一進入這儲閣，就感覺到一股壓力，壓得他透不過氣來。他輕輕抬頭，才發現沈傲已經站起來，手中撿了一份國書，拋到他的跟前，慢吞吞地道：「看看。」

烏達撿起國書，打開看了片刻，才小心翼翼地將國書合上，放置到一邊，道：「罪臣已經看完了。」

沈傲踱著步，一字一句道：「烏達將軍怎麼看？」

烏達只是個武夫，哪裡能說出什麼子丑寅卯來，垂著頭道：「罪臣不懂。」

沈傲淡淡笑起來：「若是西夏與金軍決戰，有幾分勝算？」

烏達搖頭道：「罪臣曾在北部邊鎮駐守過，女真人驍勇無比，我西夏雖然厲精圖強，只怕連一成的勝算都沒有。」

沈傲呵呵笑道：「可是本王要將禁衛八軍託付給烏將軍呢？」

烏達心裡不由地咯登了一下，頭垂得更低，道：「罪臣不敢。」

沈傲道：「你不敢什麼？」

烏達道：「罪臣何德何能？不敢接受。」

「你怕了？」

「罪臣不怕。」烏達這時抬起眸，略帶不服。

沈傲淡淡道：「不怕，就接受本王的詔令，好好地將禁衛操練起來，本王相信你。」

烏達一頭霧水，一直聽說攝政王是國族的大敵，可是這個敵人，卻爲什麼將如此重要的權柄交在自己手上？

沈傲慢吞吞地道：「國族與漢族本是一體，本王並沒有刻意爲難國族，這句話你信不信？」

烏達埋下頭，什麼都不敢說。

沈傲繼續道：「那些抄家滅族的國族，你認爲他們只是得罪了本王？你知道越王爲什麼會被誅殺嗎？」

烏達心裡想問，卻又不敢問，只好繼續保持沉默。

沈傲冷笑道：「因爲越王膽大包天，居然敢弒殺太子。」

「啊……」烏達臉上閃露出駭然之色，可是沈傲的話他不能不信，若不是如此，爲什麼越王突然帶著人謀反，又爲什麼宮中會如此冷酷地鎮壓？

烏達期期艾艾地道：「罪臣一切都知道了。」

沈傲道：「那些人得罪的不是本王，而是陛下，本王……」沈傲微微一笑，繼續道：「不過是陛下借用的劊子手罷了，不過這些人也是咎由自取。現在女真人咄咄逼人，本王監國，對國族和漢人一視同仁，國族若是願忠心效命，本王不會虧待。可是要敢謀反作亂，本王也絕不會姑息。眼下強敵環伺，正是國漢共抗外敵的時候。你站起來……」

烏達站起來，這一次才看清了沈傲，心裡疑惑，攝政王原來這般年輕。

沈傲撫著御案道：「不要管別人怎麼說，好好地做你的事。」

烏達猶豫了一下，將手握成一個拳頭放在胸口，身體微微前傾：「末將遵命！」

沈傲哈哈一笑道：「赴任去吧。」

烏達從儲閣出來，對這個攝政王的印象，也談不上什麼好壞，只是方才攝政王所說的話，卻讓他一時難以消化，他擰著眉，最後搖頭苦笑，闊步赴任去了。

沈傲在儲閣內問內侍道：「公主醒了嗎？」

一個內侍飛快地去看了一下，回來稟告道：「還在睡。」

天色已到了傍晚，沈傲肚子有些餓了，叫人取了酒食來，就在儲閣裡用了飯，才抬頭問懷德：「懷德公公爲什麼還不去伺候太上皇？」

懷德道：「太上皇叫奴才來伺候攝政王。」

沈傲搖搖頭道：「本王在這裡好吃好喝，快活得很，暫時不必你伺候，去看看太上皇吧。」

說罷，到暖閣去，才發現李乾順又是昏厥了。沈傲苦笑，發覺自己在宮裡實在多餘，或許從一開始，他就不是一個能坐得住的人，那個沈傲，應該是四處浪蕩，只有累了倦了，才回到自己的小窩，好好休整，再四處惹是生非的傢伙。

「等把這裡的事都解決了，就把政務和軍務都委託出去，這宮裡，本王是一日都待不下。作孽啊。」

他心裡打定了主意，隨即又洋洋自得地在宮殿群中遊蕩，彷彿不安分的遊魂，突然又想，去了福建路或許好了些，那裡才真正的熱鬧。於是心裡對移藩的事多了幾分期待，只不過眼下西夏尚不安定，除非把眼下不安定的因素全部剷除，才能著手下一步計畫。

整個龍興府都忙碌起來，隨軍開始裁撤，精壯的直接先入禁軍，老弱的則是發放一點銀錢各自回家。

這個過程，倒是沒有鬧出什麼亂子，隨軍都是徭役，其實並不發放軍餉，只提供飯食；入了這隨軍，日子並不好過，連一家老小都養不活。因此被打發走的，都是歡天喜地地取了幾貫銀子，歡天喜地地離開了。

留下的隨軍也開始重新打亂，再從龍興府本地招募一些青壯進去，總共三萬人，編出了五支禁軍。分別為青龍、白虎、朱雀、玄武、麒麟，騎隨軍改為驍騎營；此外再抽選一支騎軍，編為先鋒營。

這禁軍的名稱是沈傲想好的，他這人實在太懶，直接拿神獸的名號往上面套就是，還洋洋自得，將來這些名字也好記一些。

六支禁軍營，每營人數五千，說多不多，再加上此前的兩支禁衛，也乾脆為他們改了名字，一個叫護軍營，一個叫飛羽營，整個禁軍，人數在五萬上下，大致已經有了模樣。

隨後就是校尉和西夏武士充入軍中，武士充作低階軍官，校尉則是作爲中層，再高一些，在烏達以下，則是由教官、教頭把持。

操練也正式開始，仍是按照馬軍司的路子，高階軍官只負責作戰和操練計畫，指令下達之後，由中下層校尉、武士貫徹，西夏武士以骨幹的身分，進而督促、影響每一個禁衛。

中途自然會有人不服，也會有人嬉皮作態，軍法司也絕不容情，遇到胡鬧的，直接帶著軍法司武士去拿人，基本上進了軍法司，除非是一些小過錯，大部分時候都別想再出來。

另一方面，隨軍成了禁軍，伙食和軍餉得以提高，恩威並施，再加上校尉、武士的影響下，五萬禁軍操練起來有條不紊，總算沒有出現什麼大的過錯。

只要校尉和武士充進去，其實結局就已經注定，這禁衛八營已經徹底的成爲了沈傲手中的力量。

龍興府已經有了備戰的意思，不止是軍隊重新編練，整個城防也開始緊張起來，龍興府知府上書建議實施夜間宵禁，沈傲批准了，此後一到入夜時分，差役領著禁軍出動，便開始徹底巡視。

不止是如此，兵部也下達了命令，調往各地的軍糧，從每月一次撥付到一旬撥付一次，這樣雖然麻煩，卻也是一種威懾，若是有人造反，數天之後就可以切斷他們的糧草。

各地的隨軍也都接到了命令，扼守要害，以防生變。

據說在兵部已經壓了一份勤王詔，一旦事態嚴重，就可以立即頒發出去，裡頭的內容則是允許各地士紳組織團勇，各地知府可就地募集人馬，引軍回援京師。

這一項項措施，壓得人透不過氣來，卻也令人心安不少。各地的事態也有緩和的趨向，至少這一項項詔令下去，令人不敢輕舉妄動。

隨後，流言也傳出去，一方面是大宋一支八千多人的校尉已經入境，隨時聽用。還有二十萬邊軍也已經做好了隨時援夏的準備。

更聳人聽聞的是，越王謀弒太子的事都傳了出去。早先弒殺太子之事一直屬於宮中秘聞，而現在一旦傳播出來，越王爲何造反，太皇上又爲何如此嚴酷平亂，抄家滅族，許多事就有合理的解釋了。

從前許多人只當是沈傲挑唆，現在想來，卻是越王咎由自取，至於那些隨同越王一起造反的國族，只是殉葬品而已。這些消息，使得國族總算放下了些許仇視之心。只是

有些國族對即將失去的特權仍然心懷不平，只是眼下不敢發作罷了。

整個西夏，就如一條舟船，看上去完好無損，可是誰也不知道暴風雨會在什麼時候來，也不知道會不會被拍成粉碎沉入大海。

禁軍的操練卻是規矩得很，在校尉和武士的督促之下，各營都頗有幾分模樣，一開始，自然是喊苦喊累，可是最後知道喊苦喊累亦是無濟於事，也就無人敢再喊了。再加上武士與他們同吃同睡，連偷懶的機會都沒有。

此外，操練時武士能以身作則，不像從前的那些官爺一樣，只顧自家在涼棚裡喝茶納涼，卻讓大家在太陽底下曝曬。雖然大家還是怨聲載道，但武士已經做出了一個榜樣，便令所有人心甘情願地去吃苦受累。

新軍的磨合漸漸上了軌道，從一開始的不平，到後來漸漸有了改變。

操練本就是麻木的，清早起來操練：吃了早飯操練；用罷午飯還是操練，夜間還要分上半夜和下半夜輪替巡守：苦是苦，但是伙食足夠，每人一天是半斤肉，這便是在中戶之家也未能吃得上。再加上有軍餉可拿，還可以寄點錢回家去，心裡也就多了幾分滿足。

從前這種差事，人人嫌惡，聽到在隨軍中服徭役，那更是人憎鬼嫌。是人都知道，這種人一輩子都沒有前程，永遠都發跡不了，可是現在不同了，攝政王頒佈的禁軍法令已經由校尉、武士宣讀過，入了禁軍，身分就完全不同，不但家中的近親可以免除一半的賦稅，每月有足額的銀錢，五年之後，還可以回家，若是能立些功勞，爭些軍功，那更是榮耀無比。

這些優惠，令那些苦漢子一下子從地獄到了天堂，據說許多人想進禁軍來，條件還苛刻得很，不但規定了身高、體重，還要審查家中的清白，要有合適的年齡，甚至還要求能識得幾個字。別人不能進自家進了，這就是榮耀。

龍興府欣欣向榮，各州府卻是山雨欲來，邊鎮又是壞到了極點，西夏的境況，叫人一時捉摸不透。

沈傲這時卻是著手與金人國使對陣的事，這件事已經傳揚出去，許多人心中充滿期待，都要看看攝政王如何擊潰金人。加上讀書人也跟著起鬨，這一場對陣，已經成爲了國運的豪賭了；勝，則攝政王君臨天下，無人可擋；敗，則是無數人心中惴惴，說不準各地邊鎮的動亂立即滋生。

沈傲打的主意卻是練兵，拿這些金軍來給禁軍們見見血。他暗中與烏達安排了一切。

烏達倒是對沈傲言聽計從，這個漢子在軍事上很有天分，經驗又豐富，可是在其他事方面，卻有一種出奇的執拗，既然接了沈傲的任命，便一心一意爲沈傲辦事，一點折扣也不打。

到了五月底，一大清早，宮人便入儲閣給攝政王和公主穿衣。

淼兒擺弄著裙擺，蹙著眉說，這衣衫是不是少了幾分莊重。她在宮裡悶得很，沈傲便要帶她去城郊觀戰，淼兒原本還擔憂，說是懷了孩子，豈能去看血腥？

沈傲對這個卻是一點都不避諱，甚至已將這個當成了胎教的一部分，小朋友若是連血腥都不看，將來肯定是個廢物，他爹做過詩，論過書畫，蹲過大獄，也是殺過人的。正是有這些經歷，才有了今日的沈傲，一個只是泡在蜜罐裡的人怎麼會有大成就？

沈傲打量了她身上的衣裙，再看那日益隆起的肚子，取笑道：「這衣衫已經夠端莊了，誰敢說不端莊，爲夫剁了他去餵魚。」

換做是安寧或是茉兒，聽了他喊打喊殺的話肯定要皺眉，淼兒卻是吃吃的笑。

兩個人又一同挽手去暖閣裡探視了下李乾順。

李乾順不知怎麼的，原本奄奄一息，可是這幾日不知是放下了什麼心事，或者是見沈傲來了鬆了口氣，加上沒有政務羈絆，居然身體一日日好轉起來。

沈傲心裡覺得神奇，卻不好說什麼。反正他這太上皇肯定是沒戲了，想干政？禁軍們也不會答應的。

李乾順偶而也會過問一下政務，好在沈傲的表現並沒有那種生怕他奪權的意思。甚至有時一些政務還會去問他意見，李乾順本是個心機深沉的人，看沈傲的表現，居然絕口不提歸政的事。

這對翁婿已經有了默契，雖然雙方的心裡仍有防備，可是相處起來還算不錯。

李乾順貓著身子在軟榻上歇著，叫人推開了窗，感受到清晨第一縷陽光，難得地享受著這清閒自在。

懷德躡手躡腳地過來，笑呵呵地道：「陛下，攝政王和公主殿下來了。」

李乾順睜開眼道：「不是說要去和女真人對陣嗎？來這裡做什麼？」

懷德只是笑，攝政王他可不敢腹誹。

李乾順便道：「叫他們進來，難得朕這把老骨頭還有人惦記。」

沈傲攙淼兒進了暖閣，沈傲乖乖地坐到一邊去，心裡酸溜溜地想，還以為他要死了，結果卻越發的精神，白費了這麼多眼淚。這些心裡話當然是萬萬不能說的。

淼兒陪坐到榻前，噓寒問暖，李乾順笑著說了幾句話，目光才落到沈傲處：「對陣廝殺有什麼好看？淼兒身懷六甲，若是受了驚嚇怎麼辦？」

沈傲理直氣壯地道：「淼兒什麼沒見過？看看對陣又會受什麼驚？她將來是要母儀天下的，總要讓她見一見。」

李乾順搖搖頭，卻沒說什麼，隨即道：「這一趟你可有把握？若是我大夏輸了，只怕要重挫軍民士氣。」

沈傲信心十足地道：「太上皇放心歇養便是，金人在小婿眼裡，已是案板上的魚肉了。」

李乾順深知沈傲個性，若沒有把握也不敢說這種話，便放下心來，呵呵笑道：「朕的身體好了些，也不知是什麼緣故，莫非是迴光返照嗎？」

沈傲聽了，只是含笑道：「太上皇身體見好就好，或許這是我沈某人平時行善積德的回報也不一定。」

沈傲一下子將功勞攬在自己身上，卻是忘了這話裡頭隱隱似是說他李乾順沒有積德。

李乾順臉色驟然變得陰暗，立即將目光從沈傲身上收回來，只有看到淼兒，心裡才生出憐惜之情。對淼兒道：「出去走動一下也好，朕是倦了，走不動了。」嘆了口氣，似有些惋惜逝去的年華一樣。

沈傲繃著臉，感覺在他們父女之間做了電燈泡，好在懷德給他端了茶來，便拉住懷德，對懷德道：「懷德公公，今日天氣不錯，萬里無雲，一大清早居然沒有起霧，真是難得。」

懷德訕訕地笑道：「殿下喜歡便好。」

沈傲繼續道：「可惜昨日的天氣不好，陰沉沉的，本王記得五月初八那天也是這天氣。」

懷德繼續笑：「是，是。」

沈傲很是懊惱地道：「汴京那兒或許已經下雨了，清明時節雨紛紛嘛。」

懷德苦著臉道：「殿下，清明都過去足足兩個月了。」

沈傲大笑，很愉快地道：「差不多，差不多。」

淼兒聽到汴京兩個字時，不由轉眸過來看了沈傲一眼，繼續和李乾順說了幾句話，為李乾順掖好了被子，方才和沈傲一道出去。

「你方才是不是想汴京了？」

沈傲想了想，苦笑道：「自然是想……」

淼兒便道：「是想汴京的諸位妻子嗎？」

沈傲立即警惕起來，近來忙於政務，居然連警覺心都失去了，連這小丫頭都能套自己的話。不過想到安寧、蓁蓁她們，鼻子也有點酸酸的，動了下鼻翼，道：

「我若是說不想，你肯定要說我沒有良心，是個負心漢；可要說想，你一定又說我如何如何對不起你。索性等回了儲閣被你撕咬兩下，倒不如和你說真心話。」

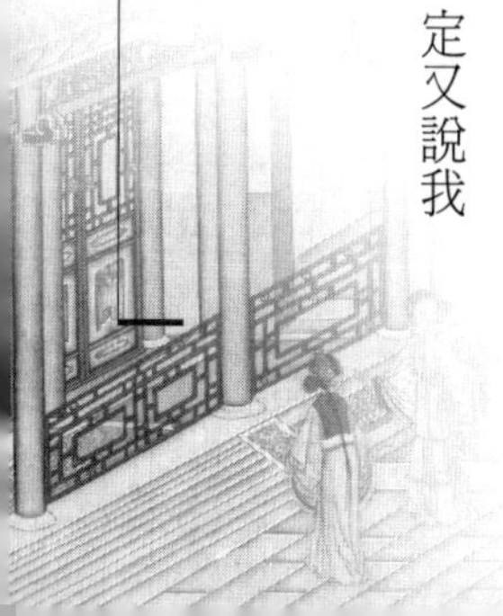

沈傲吸了口氣道：「在汴京時就想淼兒，來了這兒就想她們，就像圍城一樣，進去的人想出來，出來的人想進去。」

淼兒睜大眼睛，一手扶著肚子，一邊身子微微傾向沈傲，問：「什麼是圍城？」

「這個……」沈傲啞然苦笑道：「是大宋一個混賬書生寫的故事。」

淼兒便笑著道：「那你來給我講講。」

沈傲大是無語，不過淼兒沒有再把焦點放在汴京和安寧她們身上，他已經很是安慰，心裡懷著轉移她注意力的心思，便將故事略略說了。

到了宮門，鑾駕已經準備好，二人一齊登上乘輦，在一干禁衛的簇擁下起駕出城。

沿途上並沒有多少人，叫了個內侍去問，才知道並不是哪個刁民睡懶覺躲懶，而是開城門的時候，全部湧出了城去，大家都要去看看西夏與女真對陣。

淼兒撲哧一笑，道：「原來這麼多人關心，早知有這麼多人，我就不該來的。」

沈傲板著臉道：「怎麼不能來？越是人多才熱鬧，讓他們見一見未來的國主，順道再看看我家淼兒的端莊。」

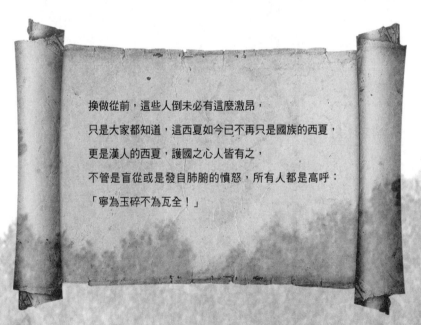

第九十章 寧為玉碎不為瓦全

換做從前，這些人倒未必有這麼激昂，

只是大家都知道，這西夏如今已不再只是國族的西夏，

更是漢人的西夏，護國之心人皆有之，

不管是盲從或是發自肺腑的憤怒，所有人都是高呼：

「寧為玉碎不為瓦全！」

一路過去，走得並不快，好在乘輦走得平穩，也不必擔心淼兒吃不消。

半個時辰後才從順天門出去，過了護城河，就發現城郊熙熙攘攘，到處都是人，一些貨郎商販也看到了好處，便依著城牆放下貨架高聲叫賣，瞬間成了一個熱鬧的市集。

其餘的，有人搬了小凳子，有的附庸風雅舉著扇子，還有老早就占住位置的，好在禁衛大清早便圍成了一道人牆，真正的比試場地絕不得容人進去。

等到攝政王和公主的鑾駕到了，所有人的目光都吸引過來，紛紛走到兩邊，高呼千歲。

沈傲探出頭去，拉開一點帷幔，看到外頭人頭攢動，便不由道：「還好發了詔令免賦，若是這時候真要出了刁民，咱們只能落荒而逃了。」

雖然外頭的人看不到乘輦裡的人，淼兒卻是不自覺地坐直了身子，擺出一副母儀天下的高貴氣質，聽到沈傲這一番話，橫眸過來，道：

「爲什麼每次這個時候你都會大煞風景？你看他們高呼千歲，都是出於真心實意的。」

沈傲訕訕道：「習慣了，習慣了，下次一定改。下次再也不以攝政王之心度刁民之腹。」

淼兒忍不住撲哧笑起來：「你才是刁民。」

沈傲板起臉道：「就算我是刁民，那也是英俊瀟灑、高貴多金、冷豔尊貴的刁民。」

淼兒也板起面孔道：「那我便是貌美如花的刁民妻子。」

沈傲瞪大眼睛道：「刁民貌美如花的妻子有六七個，敢問姑娘是第幾個？」

淼兒咯咯地笑，狠狠地在沈傲的腰上擰了一把，道：「叫你胡說。」

好在顧忌著外頭的人，總算沒有鬧出太大的動靜。

沉默了一下，淼兒道：「若是你當真掛念汴京的妻子，就將她們接來吧，我不會欺負她們的。」

沈傲只是嗯了一聲，再沒說什麼。

在萬千歡呼之中，前頭的禁衛清出一條道路。一直進了對陣的場地，越是往裡走，禁衛就越多，密密麻麻的像是看不到盡頭，生生圈出了方圓數里的土地來。

沈傲下了乘輦，又扶著淼兒下來，無數的禁衛一齊單膝跪下，單手按住呼道：「攝政王千歲，公主殿下千歲。」

沈傲看了淼兒一眼，看到她的臉頰上生出些許嫣紅，也不知是被風兒吹的，還是不習慣這樣的場面。

他攜著淼兒到了一處建好的彩棚，二人一齊進去落座，立即有人奉上了茗茶，端茶的是個校尉，這校尉偷偷瞄了淼兒一眼，令淼兒更有幾分羞澀。

沈傲拍案：「看什麼看！看自家婆娘去！」

校尉嚇得打了個哆嗦，飛也似的逃了，心裡卻是美滋滋的，這世上有幾個人能近前看公主殿下尊容的？自家卻是看了，待會兒少不得要回去吹噓一下。

烏達和李清兩個一齊進入彩棚，烏達是禁軍左軍使，李清為右軍使兼領明武學堂司業，雖然從身分上，烏達是禁軍的統領，可是實際影響來看，反而是李清威望更高一些，畢竟上下的軍官都是從武備學堂和明武學堂裡出來的，和李清更親近一些。

二人一起行了禮，烏達道：「殿下，女真人還沒有來，要不要叫人去請一下。」

沈傲淡淡一笑，知道這個時候，那個什麼完顏是刻意遲來，是要端下架子，讓西夏的面子不好看。

沈傲搖頭道：「不必，他們若是不敢來也就走了，他們若是不來，就讓明武學堂的武士到這裡會操，權當是湊湊熱鬧，省得讓大家掃興而歸。」

沈傲頓了頓，對烏達道：「都準備好了嗎？」

烏達點頭道：「都準備妥當了。」

沈傲輕輕一笑道：「那就去約束一下，讓大夥兒再等等。」

烏達領命出去，彩棚裡只剩下李清，李清道：「殿下，我們這般做，是不是失信於人？」

沈傲哂然一笑道：「失信於誰？朋友之間才會有信義，敵人之間若是講信義，那就是迂腐了。」

李清道：「卑下明白了。」說著，鄭重地給淼兒行了個禮。

沈傲指著李清對淼兒道：「這位李大人說起來還是你的族叔。」

淼兒看了李清一眼，卻是沒什麼印象，但還是笑了，在臉上生出兩個酒窩，嬌聲道：「族叔。」

李清這個宗室，從來沒有人認可，這時聽了公主這麼一叫，渾身都顫抖了一下，垂頭行了個禮，大聲道：「太上皇和我有些嫌隙，李某人算不上什麼豁達之人，心裡也一直都記著，可是今日有攝政王，還有未來的王子，公主又這般呼喚卑下，卑下從此之後，再沒有芥蒂了。」

這句話可以說有些無禮，不過李清這人偶爾有點瘋瘋癲癲，這個沈傲也是知道的，沈傲打了個哈哈道：「下去，下去，這裡不是你談論恩怨是非的地方。」

李清莞爾一笑，才從彩棚中出去。

一直等到日上三竿，女真人也沒有出現，城郊這邊已經炸開了鍋，叫罵的不少，有

說是女真人畏戰，有說他們輕慢，西夏與女真之間其實並沒有太深的仇隙，不比金遼之間的仇恨，可是這時候見到對方的傲慢態度，自然迸不出什麼好話來。

倒是禁軍們只顧著恪守職責，也無人說什麼，一些西夏的勳貴官員都在不遠處的棚中安坐，面上都帶有幾分焦躁，紛紛竊竊私語。

沈傲卻不以爲意，或者說，他們來得越遲，自己心裡的負疚感就會少一些，因此笑吟吟地只顧著和淼兒談情。

偶爾會有幾個校尉探頭探腦的想要稟告什麼，沈傲知道他們的心思，借著公務，既想瞧瞧公主，又想趁機聽自己和公主說什麼，於是外頭一有動靜，便拍案大叫：「誰？」之後校尉就悻悻然地進來，稟告公務。

淼兒吃吃笑道：「這些人怎麼都當這裡是戲班子一樣。」

沈傲怕她心裡留下陰影，也是笑呵呵地道：「沒什麼，說到底，其實都是小孩子罷了，不必理會他們。」

淼兒道：「這麼大還小？」

沈傲嘆息道：「人心不古，世道不一樣了，現在的年輕人像我這般成熟的，便是大浪淘沙也尋不出幾個來。」暗暗陶醉一番，心裡喜滋滋的。

淼兒撫著肚子，道：「這些話不要讓你孩子聽到。」

沈傲問：「爲什麼？」

淼兒輕笑道：「讓他聽了去，他只當他爹是年過半百的老頭兒。」

沈傲頓時不吱聲了。

淼兒以爲他生氣，輕輕拽拽他的袖襬，顧左右而言他道：「女真人到底來不來？乾等著真無趣。」

沈傲道：「主角總是要到最後的時候才閃亮登場的，耐心等待便是。」

淼兒道：「原來他們是主角？那我們是什麼？」

沈傲笑道：「今日上演的是一千壯士滿地找牙，自然該讓他們做主角。」

正說著，遠處傳來馬蹄轟鳴，完顏宗傑帶著一千女真鐵騎，一個個精神抖擻，腰後背著長弓、箭囊，腰間插著長刀飛馬過來，城郊這邊本就人多，他們放馬一衝，許多人躲避不及，立時發出一陣咒罵和慘呼，雞飛狗跳。

完顏宗傑卻不以爲意，反而面有得色，狠狠一揮鞭子，抽開了一個躲避不及的百姓，口裡兀自大罵：「瞎了眼嗎？」

這些人來勢洶洶，已經抱著必勝的把握，完顏宗傑帶來的一千人，都是女真軍中數一數二的箭手，這些人集結在一起，臨行時又操練了一番專門克制騎兵校尉的戰法，雖然這種戰法不能大規模推廣，卻也頗有成效。

完顏宗傑相信，只要西夏攝政王敢應戰，他就有九成的把握將他們悉數射落馬去，好教這些西夏狗和南蠻子見識見識女真勇士的厲害。

一千人的騎隊橫衝直撞，直接進入對陣的場地，完顏宗傑看到了彩棚中的沈傲，刻意炫耀似的在場中飛馳了半圈，才猛地一拉韁繩，座下戰馬希律律一聲人立而起，前蹄翻飛，竟是硬生生的停住。

身後的女真武士號令如一，也是一齊拉動韁繩，一千多騎竟是整齊劃一的穩穩停住，氣勢如虹。

這個手段教人看了，都忍不住倒抽一口冷氣，果然是女真騎兵甲天下，騎隊驟停，要做到號令如一，不慌不亂，便是驍騎營也做不到這個樣子。

看到許多人的驚愕，完顏宗傑更是得意非凡，勒馬趕到彩棚，並不下馬，只是居高臨下地對彩棚中的沈傲道：「攝政王可好？」

他的聲音洪亮，方圓數百米的人都能清晰聽到，單這響亮的嗓子便讓人覺得不凡，再加上他耀武揚威居高臨下的樣子，整個人如小山一樣坐在駿馬上，迎著烈陽，聲勢十足。

沈傲安坐在彩棚之中，只是哈哈一笑：「完顏兄來得早。」

這一個早字，是諷刺他們來遲。完顏宗傑哈哈大笑，不以爲恥反以爲榮，朗聲道：

「不早，不早，倒是勞攝政王久候。」

淼兒見完顏宗傑對沈傲的樣子全無尊敬，又是如此倨傲，這個西夏公主也是不好惹的，她和沈傲早有默契，只朝沈傲眨一眨眼，便道：

「夫君，不知這位將軍是誰？」

沈傲一見淼兒的神色便知道了端倪，立即道：「這位將軍，公主不知道嗎？他便是女真國大名鼎鼎的完顏將軍。」

淼兒驚訝地道：「又是一個姓完顏的，我倒是記得半年前，也有一個叫什麼完顏的皇子，後來不知怎麼樣了？」

沈傲滿是悲痛地道：「他來得不巧，被人宰了！」

淼兒掩口駭然：「啊呀，完顏皇子這麼好的人，怎麼會無端……」

沈傲打斷她道：「完顏皇子什麼都好，唯有一樣壞處，就是最愛偷婦人褻褲，結果那一日城中火起，西夏的熱血男兒們不平，便一起衝入他的住地，將他斬爲了肉泥，可惜，可惜……」

淼兒道：「殺他的是誰？」

沈傲翹起拇指道：「說起這個人就了不得了，此人乃是響噹噹的西夏大英雄，萬千少女眼中的潘安宋玉，滿腹經綸的大才子，至於這人的名字，爲夫便要賣個關子，殿下

來猜。」

淼兒瞪大眼睛道：「莫非是李清李將軍？」

棚外的李清坐在馬上，聽了李清兩個字，差點沒吐血一升栽落馬去，雙目四顧，發現許多校尉已經掩口朝他這邊笑過來，忍不住脖子一縮，悻悻然地垂下頭。

沈傲大叫：「錯了，錯了，李將軍還差一點點。」

淼兒吃吃笑道：「我知道了，一定是烏達烏將軍？」

烏達拼命咳嗽，老臉通紅。

他們夫妻一問一答，哪裡像什麼君臨天下和母儀天下的攝政王和公主？倒像是一對兩小無猜的少男少女在說情話一樣。

這些話聽在完顏宗傑耳中，實在是刺耳無比。完顏皇子的死，一直是女真人心中的奇恥大辱，若換做了別人，完顏宗傑早已拔刀相向了。只是面對的是沈傲和西夏公主，卻是無可奈何，卻仍不免大怒道：「夠了，攝政王，可以開始了嗎？」

沈傲輕輕地捏了捏淼兒要出水的臉蛋，道：「我的好公主，待會兒回了宮，我再給你揭開謎底，到時候你可千萬不要驚訝。」說罷，才正色對完顏宗傑道：「開始什麼？」

完顏宗傑怒道：「自然是對陣較量。」

沈傲淡淡笑道：「方才我見完顏將軍虎虎生威，還當完顏將軍是來耍雜技的呢！」

沈傲的話音剛落，彩棚四周傳出一陣哄笑。完顏宗傑本想露一手出來震懾四座，誰知沈傲卻不以爲然的將這個說成是耍雜技的把戲，這種不以爲然，不但讓人捧腹大笑，更是對女真人方才的畏懼之心消除了幾分。

若說要嘴皮子，一千個完顏宗傑也絕不是沈傲的對手，完顏宗傑冷哼一聲，乾脆抿嘴不語，無聲抗議沈傲的無禮。

沈傲朝淼兒道：「方才我怎麼對你說的，人心不古，你看看，這麼一大把年紀的都這般無禮，見了本王還坐在馬上和本王說話，他當他是女真國主嗎？」

這話自然是對完顏宗傑說的，淼兒輕笑了一下，對著沈傲低語了一句話，沈傲大聲道：「公主豈能說這等對友邦不敬的言辭，女真人像蠻夷嗎？雖說他們紮了一個像馬鬃毛一樣的辮子，一個月也難得洗幾趟澡，大字不識一個，還喜歡偷自家的嫂子、小姨子，你也不能這般說出來，往後可不能再說這些話了。」

淼兒淚汪汪地垂下頭，低聲呢喃道：「知道就是了。」

完顏宗傑聽了，怒火更勝，可是知道任他們二人說下去，定然是自取其辱，這時只盼著對陣開始，咬了咬牙，翻身從馬上下來，單膝跪下，對沈傲行禮道：

「攝政王，對陣可以開始了嗎？」

沈傲抖擻精神，道：「完顏將軍是要文鬥還是武鬥？」

完顏宗傑呆了一下，道：「什麼是文鬥，什麼又是武鬥？」

沈傲道：「文鬥嘛，自然是換上竹箭、木刀，大家免得傷了和氣。至於武鬥，則是像上陣廝殺一樣，不需要有什麼顧忌。」

完顏宗傑早已將沈傲恨之入骨，一心要教沈傲知道他們女真勇士的厲害，毫不猶豫地道：「自然是武鬥。」

沈傲撫掌道：「好漢子，本王就喜歡完顏將軍的豪爽。烏達。」

烏達立即踱步過來，行禮道：「卑下在。」

沈傲淡淡一笑道：「可以開始了，記住，要像戰場廝殺一樣，開始之後，大家便是寇仇，不必有什麼婦人之仁。」

「就像對待我西夏的敵人一樣，卑下記住了。」烏達領了命令，走出彩棚，高聲大呼：「開始。」

轟……轟……轟……隆隆的鼓聲響起，迴蕩郊野，郊外的人都不自覺聚攏過來，遠遠的伸長脖子踮起腳來觀望。完顏宗傑躍躍欲試翻身上了馬，帶著騎隊到場地正中去，在激昂的鼓聲之中，拔刀向天：「烏突！」

「烏突！」金國武士一起抽刀，無數寒芒形成密密麻麻的刀林。

鼓聲震盪，直沖雲霄，完顏宗傑大吼一聲，隨即取出身後的弓箭，迎著炙熱的陽光，雄姿英發安撫住座下烈馬，後隊的金人武士打起旌旗，旌旗獵獵。

「誰敢出來？」完顏宗傑大吼一聲，拉出長弓，目光在禁軍中逡巡。

身後的一千金國武士一起大吼：「誰敢出戰？」聲勢如虹，響徹天際。

足足等了半晌，卻是無人應戰，這時，在場上外圍的烏達打著馬，手中舉著一支小旗，高聲大呼：「殺！」

「殺！」

這一次，卻是數萬人的大吼，立時將金人的氣勢掩蓋，所有人整齊劃一，紛紛從身後取出弓箭，箭鋒指處，恰是正中的金人騎隊。

圍在場地之外的禁軍，一重又一重，密密麻麻的，一支支利箭仰角四十五度朝向天空，在爆吼之後，卻是出奇的安靜。

完顏宗傑大驚失色，說好了對陣，原來卻是團團將他們圍住，他怒道：「攝政王，你是要失信於人嗎？」

沈傲安坐在彩棚裡，卻是氣定神閒地對淼兒道：「方才爲夫怎麼說的？」

淼兒道：「夫君說，要像對待敵人一樣對待女真人，既然是敵人，又奢談什麼信義？宋襄之仁，對敵人若是談及仁慈或信義，就是對自己的殘忍；前一句是《左傳》中

說的，後一句是夫君說的。」她眨了眨眼睛，問：「夫君，我說得對不對？」

沈傲嘻嘻笑道：「公主殿下有沒有覺得我們很有夫妻相？」

淼兒俏皮可愛地倚在沈傲肩上，道：「本就是夫妻，自然是一樣的。」

沈傲哈哈大笑，得意非凡。

完顏宗傑氣得連喘了幾口粗氣，舉弓瞄向周邊的禁衛，道：「殺。」

「射！」這一次發號司令的是李清，傳令兵聽了他的話，立即打馬在周邊飛馳，一路吼過去：「射！」

砰砰……箭如雨下，遮天的箭矢傾盆從四面八方齊射出來，朝向完顏宗傑的騎隊如暴雨一般落下。

金人馬隊毫無遮擋，四面八方又都是敵人，避無可避，只這一輪齊射，立即有數百人射落下馬，完顏宗傑被一箭貫入手臂，整個人搖搖欲墜，淒厲地大吼：「西夏狗和南蠻子果然沒有信義！」

他身後的武士，連反擊之力都沒有，除了高聲咒罵，卻是無可奈何。

「射！」

又是一輪箭雨傾盆而下，伴隨著一聲聲慘呼，他們無論如何也想不到，西夏禁軍竟會群起攻之，只一刻功夫，還能坐在馬上的人已經寥寥無幾，大多數人躺在地上。鮮血染紅了青綠的野草，在陽光下，折射出妖異的光線。

外圍的隊列讓出一道口子，接著是由六千騎隊組成的驍騎營提著長刀出現，隊首的驍騎營營官長刀前指，高呼一聲：「殺！」

六千鐵騎轟隆隆朝女真騎隊撞過去……

一場所謂的對陣已經結束，金人死傷慘重，只一刻功夫，就已經橫屍一半，剩餘的也都帶著箭傷，在地上掙扎。

那完顏宗傑身上中了四五根箭，卻都沒有傷到要害，可憐他英雄一世，一柄長弓不知取了多少人的性命，今日卻被人圍毆，連一個禁軍都沒射殺，就成了刺蝟。幾個禁衛將他提起來，猶如死狗一般拖到彩棚前去，勒令他跪下。

圍看的人都是驚呆了，誰也不曾想到一場對陣會是這個樣子，可是方才那完顏宗傑神氣洋洋的樣子與現在這狼狽不堪的樣子對比一下，心裡卻都大叫痛快。

沈傲從彩棚中走出來，這一次換成他居高臨下地看著完顏宗傑，在無數雙眼睛的注目之下，他淡淡地對身後的內侍道：「拿金人的國書來。」

內侍早有準備，取了燙金字的國書，高高拱起，單膝跪在沈傲腳下。

沈傲揚揚手，道：「念！」

內侍站起來，扯高了嗓子：「大金皇帝陛下問西夏國主安……」

內侍每念一句，各處的傳令兵便一句句重複下去，使得這城郊各處每個人都能聽到。

「大金皇帝陛下問西夏國主安……」

「大金皇帝陛下問西夏國主安……」

一個個聲音越傳越遠，隨風傳蕩。

「糧草五十萬擔……軍馬、鎧甲、刀槍各萬……若不然，則朕親率大金十萬鐵騎，與國主會獵隴西，可否？」

這一份國書，其口氣之大，可謂狂傲不可一世，再加上強令勒索，出言要脅之意，更是聽得人怒火中燒。西夏人聽了，才知道原來這完顏宗傑是帶著這樣一份國書來的，西夏雖是國弱，卻也不是好欺負的，能在大宋和契丹人的夾縫中長存，豈是說勒索就能勒索的？

這時，有個讀書人高呼：「寧爲玉碎不爲瓦全，何故如此相欺？」

若換做是從前，這些人倒未必有這麼激昂，只是大家都知道，這西夏如今已不再只是國族的西夏，更是漢人的西夏，護國之心人皆有之，有人振臂高呼，不管是盲從或是發自肺腑的憤怒，所有人都是高呼：「寧爲玉碎不爲瓦全！」

沈傲淡淡一笑，叫那內侍將國書拿來，手上翻弄著國書，慢吞吞地道：「完顏將軍，這一次，只是給你們女真人一個小小的教訓，回去告訴貴國國主，糧草軍械我西夏堆積如山，女真人要取……」

他狠狠地將國書砸在完顏宗傑的額頭上，加大音量道：「那麼就請女真國主攜他十萬鐵騎來自取，要我西夏拱手奉上，休想！」

完顏宗傑努力抬眸，憤恨道：「攝政王無信無義……」

沈傲朗聲打斷他道：「信義二字不是對你，也不是對你們那無恥的國主，信義是對朋友，對友鄰，就憑你們，也配和本王談信義？」

沈傲頓了一下，繼續道：「本王聯大宋、西夏大軍兩百萬，倒是想和貴國國主在漠北會獵。」隨後厭惡地道：「帶著這國書立即滾出去，從此往後，女真人不得踏入西夏一步，如有犯者，殺無赦！」

說罷，沈傲回到彩棚中去，對淼兒淡淡道：「我的公主殿下，猴戲看完了，是不是該回宮了？」

淼兒看到他那疾言厲色的樣子，實在想不通這個世上，竟有人面孔可以變得這麼快，方才的沈傲語氣雖然並不高昂，可是字字都帶著強烈的自信，那不容置疑的口吻，令他整個人多了幾分英雄氣概。

見沈傲對自己淡淡含笑，伸出一隻手來要拉起她的樣子，文質彬彬得猶如一個飽讀

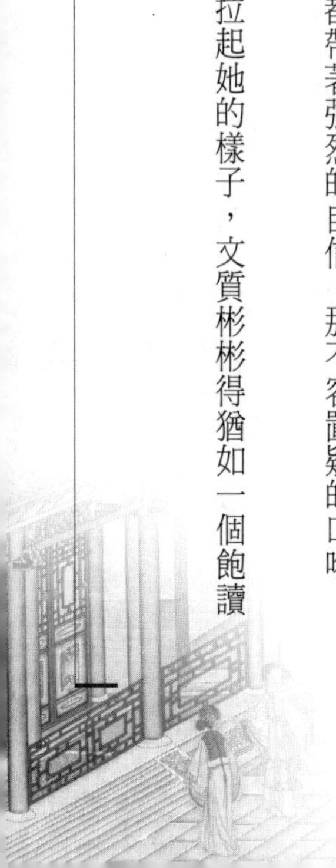

詩書的大儒，這時候整個人的氣質卻又是一變，就像是方才的話不是他說的，方才射殺女真人的命令與他沒有任何關係一樣。

淼兒微微一笑，圓圓的臉上露出幾分癡迷，手搭在沈傲身上，沈傲輕輕要拉她起來，她卻是故意用了暗力，不肯讓沈傲輕易拉起，皺著鼻子撒嬌道：「大英雄，你該抱我到乘輦上才是。」

沈傲臉上仍然保持著笑，額頭上卻是滲出一絲冷汗，一加一等於二這個簡單的算數他懂，兩個人的分量怎麼抱？就算肚子裡的那個只算半個人，分量卻也不輕。

「你在猶豫？」眾目睽睽中，淼兒眼波中閃過一絲狡黠，嗔怒道。

沈傲咳嗽一聲，道：「友邦人士還沒有走，要注意形象。」

淼兒嘟著嘴道：「友邦人士都射成刺蝟了，他們看不見的。」

沈傲大汗，只好上前將淼兒抱起，卻又生怕擠到她肚子裡的孩子，走起路來也是躡手躡腳，猶如捧著無上的珍品，一步一搖地抱著她從彩棚來，卻是看到無數雙眼睛朝這邊看過來。

沈傲心裡默默道：「反正名聲已經臭了，老子臉都不要，還怕個什麼？不怕，不怕，隨他們笑去。」

沈傲有一副城牆一樣的厚臉皮，淼兒卻是沒有，臉上生出些許紅暈，整張臉埋入沈傲的胸懷，不肯露出臉來，這時已經反悔，低聲道：「還是放我下來吧，被人瞧著也不好。」

沈傲拒絕道：「都已經被人瞧見了，再放下來就是做賊心虛，知道做賊的，最需要的是什麼嗎？」

淼兒道：「是什麼？」

沈傲說起自己的老本行，孜孜不倦地道：「就是信心，你明明是賊，卻要像是自家是差役一樣，要堂而皇之，不能一見了人就心虛，你要比別人更相信自己不是賊，這才是做賊的至高境界。」

淼兒嗤笑道：「好像你做過賊似的。」

沈傲將她緊緊抱著，淡淡地道：「不要取笑，賊做得好，也是一項很高尚的事。」

所有人目瞪口呆地看著攝政王抱著公主出來，西夏的風氣雖然開放，卻也沒見過這種場面，方才的肅殺之氣和義憤填膺頓時煙消雲散，這變化實在太大，讓他們一時有些緩不過勁來。

李清也是汗顏，真不願打馬跟在攝政王身後，就好像自家是青樓裡的龜公一樣，偏偏還要裝出恍若未覺的樣子。他靈機一動，高呼道：「攝政王千歲！」

禁衛們反射動作地大吼：「攝政王千歲。」

無數的百姓也呼啦啦地跪下行禮，紛紛道：「攝政王千歲！」

沈傲汗顏，一直將淼兒抱上了車輦，才鬆了口氣。

請續看《大畫情聖》第二輯 七 真命天子

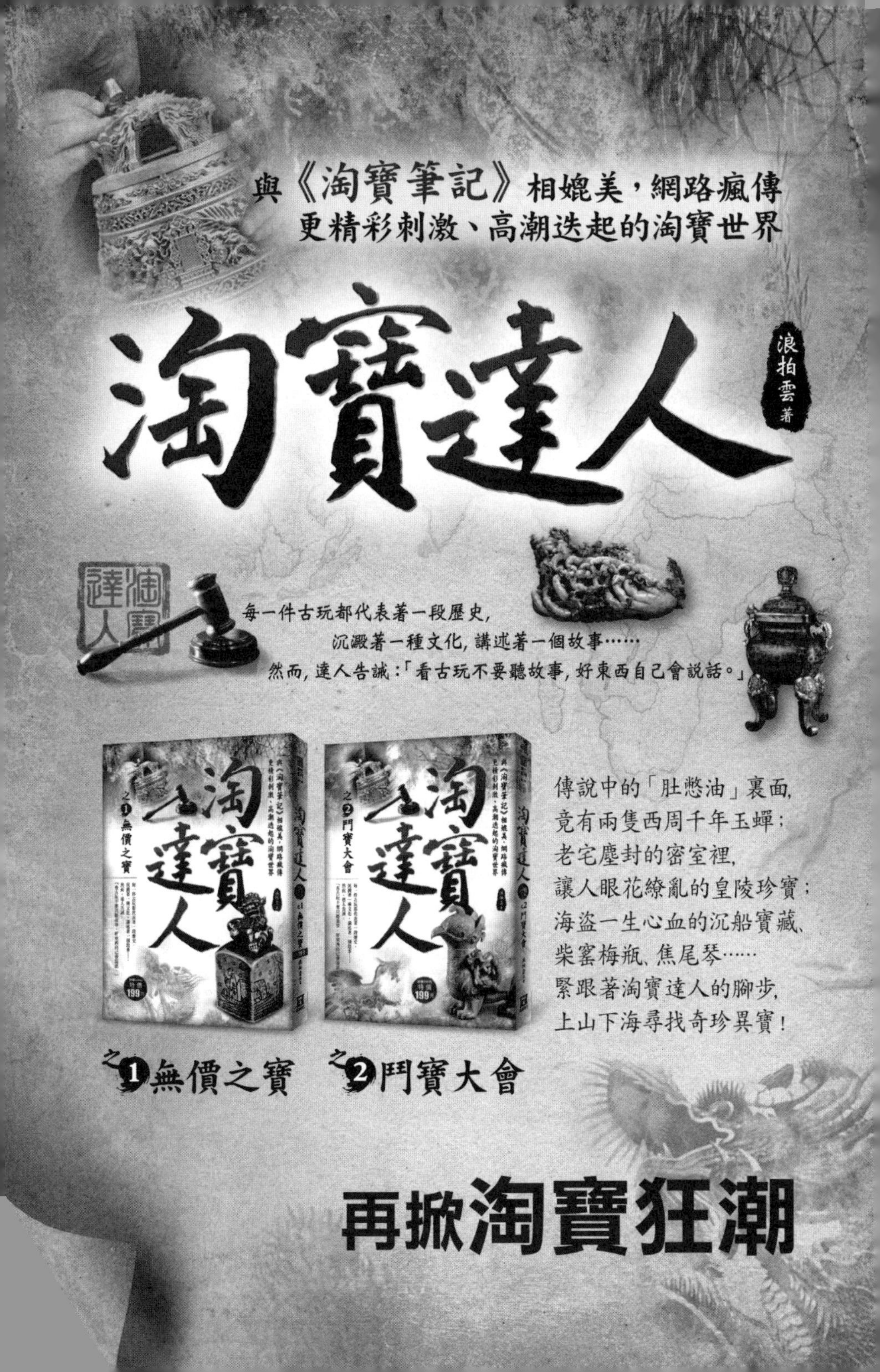
與《淘寶筆記》相媲美，網路瘋傳
更精彩刺激、高潮迭起的淘寶世界
淘寶達人
浪拍雲 著
每一件古玩都代表著一段歷史,
沉澱著一種文化, 講述著一個故事……
然而, 達人告誡:「看古玩不要聽故事, 好東西自己會說話。」
傳說中的「肚憋油」裏面,
竟有兩隻西周千年玉蟬;
老宅塵封的密室裡,
讓人眼花繚亂的皇陵珍寶;
海盜一生心血的沉船寶藏、
柴窯梅瓶、焦尾琴……
緊跟著淘寶達人的腳步,
上山下海尋找奇珍異寶!
之1無價之寶
之2鬥寶大會
再掀淘寶狂潮

大畫情聖 II 六 奪嫡之爭

作者：上山打老虎
發行人：陳曉林
出版所：風雲時代出版股份有限公司
地址：105台北市民生東路五段178號7樓之3
風雲書網：http://www.eastbooks.com.tw
官方部落格：http://eastbooks.pixnet.net/blog
Facebook：http://www.facebook.com/h7560949
信箱：h7560949@ms15.hinet.net
郵撥帳號：12043291
服務專線：(02)27560949
傳真專線：(02)27653799
執行主編：朱墨菲
美術編輯：吳宗潔

法律顧問：永然法律事務所 李永然律師
　　　　　北辰著作權事務所 蕭雄淋律師

版權授權：蔡雷平
初版日期：2014年10月
初版二刷：2014年10月20日
ISBN：978-986-352-022-1

總 經 銷：成信文化事業股份有限公司
地　　址：新北市新店區中正路四維巷二弄2號4樓
電　　話：(02)2219-2080

行政院新聞局局版台業字第3595號 營利事業統一編號22759935

定價：280元　　特惠價：199元

國家圖書館出版品預行編目資料

大畫情聖 II ／ 上山打老虎 著. -- 初版. -- 臺北市：
風雲時代，2014.04 -- 冊；公分

ISBN 978-986-352-022-1（第6冊；平裝）

857.7　　　　　　　103003450